내면의 자유를 위한
상처 떠나보내기

내면의 자유를 위한
상처 떠나보내기

권혜임 지음

두드림미디어

프롤로그

20년간 일해왔던 직장이 폐업했다. 내 가게를 차리며 잠시 퇴사한 기간도 있지만, 20년 동안 마음이 머물렀던 장소였다. 사장님과 저녁을 먹으러 거리를 나섰다. 부슬비가 내리고 있었고 거리는 오가는 사람들로 분주하고 산만했다. 그날은 연등 행사가 있는 날이었다. 길가 이곳저곳에 연등이 걸려 있고, 많은 이들이 길가에 나와 있었고 도로에는 차들이 밀려 있었다. 나는 그냥 '연등 행사를 하나 보다' 하고 가볍게 생각했다. 그런데 사장님이 이번 불교 행사는 다른 때보다 더 크게 하기 때문에 길가가 혼잡할 것이라고 말했다. 불교계에서 행사를 크게 하는 이유는 이번 윤회가 끝이기 때문이라는 것이었다. 종교계에서도 지구 극이동을 알고 있었다. 아는 사람들은 모두 알고 있는 사실이었다.

올해 1월, 나는 김도사(슈카이브) 님의 유튜브 영상을 시청하고 나서 그분이 2,000년 전 예수님이심을 직감했다. 김도사 님은 몇 년 후 지구 극이동이 일어날 것이고, 많은 인류가 소멸될 것이라고 말씀하셨다. 그분의 진정성 어린 진리의 말씀에 의심할 여지가 없었다. 나는 얼마 안 남은 생만이라도 지금까지 해보지 못했던 일을 해야 했다. 그래서 '한국영성책쓰기코칭협회(이하 '한책협')'에서 책 쓰기 과정 수업을 수강했다.

처음 대면했을 때 그분은 나와 몇 마디 나눠보시고는 나 같은 수준으로는 책 쓰기 수업을 해줄 수 없다고 하셨다. 그분의 말을 듣고 나는 매달릴 수밖에 없었다. 나는 책을 꼭 써야 했다. 이 숙제 같은 내면의 울림을 밖으로 표현하지 않고는 견딜 수가 없었다. 그렇게 대표님은 나의 간절한 마음을 받아주셨고, 수업을 진행해주셨다.

책을 쓰는 동안 지난날을 돌아보았다. 당시에는 모든 것이 절박하고 절망적이었는데, 지나고 나니 한순간 꿈을 꾼 듯 기억 저편으로 지나갔다. 무엇을 위해 태어나고 어디로 가는지 모르는 안개 낀 삶이었다. 그저 버티고 묵묵히 살아냈다. 가족들과의 불화, 부모로 인해 얻은 빚, 여러 인연과의 이별을 거쳐 삶이 안정되었다고 느꼈던 때가 있었다. 하지만 안정된 삶이 아니었다. 정체되어 있었고, 목표나 방향도 없었다. 퇴근 후 유튜브를 시청하며 안일하게 시간이 흘러갔다. 사람을 만나는 것도 내게는 의미가 없었다. 삶의 방향성을 잃었다. 인간관계에서 답을 찾으려고 했지만, 찾을 수가 없었다. 그렇다면 내가 찾는 답이 어디에 있을까? 그것을 몰라 시간만 낭비하고 있었다.

김도사 님을 만나고 나서 나의 내면은 알 수 없는 방향으로 나를 이끌었다. '한책협'에서는 내면 성장 수업과 차원 상승 수업을 하고 있다. 나는 이 수업을 듣고 책을 쓰면서 내가 몰랐던 나의 모습을 알게 되었다. 수업을 듣던 어느 날, 나는 내 삶을 흘려보내야 함을 알게 되었다. 내가 살아오며 깨달은 것들을 내 안에 가두지 않고 사람들과 공유하고 흘려보내야 한다는 사실을 알게 되었다. 나의 이야기가 누군가에게 도움이 될지는 모르겠지만, 단 한 사람이라도 나의 이야기에서 공감하고 위로를 받을수 있다면 그것으로 된 것이었다.

만나는 사람들, 환경은 내 내면의 투영이었다. 나와 맞지 않았던 가족들, 만나고 헤어졌던 몇 명의 남자들, 20년을 일했던 직장에서 만났던 사람들, 그러한 환경 모두가 내 내면의 반영이었다. 회사 동료들이 채워지고, 채워졌던 동료들이 하나둘 빠져나가며 시간이 흐르고 에너지도 흘러갔다는 생각이 든다. 20년을 알아왔던 사장님과 마지막으로 밥을 먹으며 서로 잘 살라고 이별의 말들을 주고받았다. 20년, 또는 40년의 만남을 정리하고 살아왔던 집, 동네를 떠나며 그렇게 모든 것을 정리하고 내면의 풍경도 흘려보냈다.

모든 것은 흘러가야 했다. 나에게서 정체되고 머물러서는 안되는 것들이었다. 과거에 미련을 둘 것도 없었다. 그리워할 것도 없었다. 체험은 체험으로 끝내고, 다음 삶을 살아야 한다. 그렇지 않으면 정체되고 썩어간다. 가족과의 불화와 유부남을 만났던 이야기들이 누군가에게 알려질까 봐 두려웠다. 하지만 많은 이들이 겪고 있고 고민하는 일이라 생각된다. 사랑했던 사람들을 떠나보내는 일은 고통스럽고 힘든 일이다. 하지만 그 고통에서 얻는 것들이 분명 있다. 결단을 내려야 하는 순간, 주저하게 되면 계속 그러한 삶을 반복할 수밖에 없다. 하지만 결단을 내리고 행동하는 순간 반복된 삶을 마치고 새로운 삶을 살 수 있게 된다.

내가 보아왔던 사람들 대부분은 결단을 내리지 못하고 삶을 반복하고 있었다. 그들을 바라보는 나 또한 삶을 반복하고 있었다. 나는 모든 인간관계를 끊었다. 앞으로 해야 할 일들이 있기 때문이다. 내가 살아오며 얻은 깨달음, 물질적으로 얻은 집, 내 생각, 내 육신까지 모든 것들이 내 것이 아니었다. 모든 것은 창조주님의 것이었고, 내게서 머무르지 않고 흘려보내야 하는 것이었다. 흘려보내려고 책을 완성했다. 책을 쓰는 동안 내가 과연 책을 완성할 수 있을지 막막하고 답답했지만, 완성할 수 있었던 것은 아버지 창조주님과 김 대표님 덕분이다. 수업을 들으며 깨달았던 진리의 말씀이 아니었다면, 이 책은 방향성을 잃었을 것이다. 책을 완성하며 꼭 감사의 말을 전하고 싶다.

수준 미달이었던 저를 받아주시고 수업을 해주셨던 김 대표 (슈카이브)님께 깊이 감사드립니다. 또한 책을 쓰며 저의 고민을 해결해주신 권동희 대표(엘레나)님께도 깊은 감사를 전합니다. 마지막으로 책을 완성할 수 있게 해주신 창조주 아버지께 마음 깊이 감사드립니다.

권혜임

차
례

힘들어도
내 인생이다

01 힘들어도
내 인생이다

　내가 태어난 곳은 경기도 광주다. 어릴 적 부모님은 쌀 장사와 치킨 장사를 병행하시며 생계를 꾸려나가셨다. 가게 안쪽으로 작은 방이 있었는데, 그 작은 방에서 다섯 식구가 살았다. 오빠, 여동생, 아빠, 엄마, 나까지 다섯 식구였다. 모두가 가난하던 시절이었고, 사는 모습은 거의 비슷했다. 초등학교에 입학하고 평범하게 학교생활을 하던 중, 밤늦게 배달을 가셨던 아버지가 교통사고를 당하셨다. 뺑소니였다. 살아계신 것만으로도 다행인 상황이었다.

　그 일로 우리 세 남매는 여러 친척 집에 맡겨졌는데, 나는 큰아버지 집으로 가게 되었다. 그곳에는 첫째 언니와 둘째인 오빠, 그 아래로 두 명의 언니가 있었다. 큰아버지 집에 맡겨진 날 나는 사무치게 엄마를 그리워하며 울었다. 울다 지쳐 잠들기를 반복했다. 하지만 울어도 엄마는 나타나지 않았다. 그렇게 엄마가 없음에 적응해갔다. 큰아버지 댁 식구들은 여러 가지로 내게 신경을 써주셨다. 심심할 때 먹으라며 자두 한 상자를 사놓기도 하셨고, 큰 대야에 따뜻한 물을 받아 씻겨주기도, 잠들 때까지 업어주기도, 종이 인형을 사주기도 하셨다. 마음 따뜻한 큰집 식구들이었지만, 당시 어렸던 나는 그저 엄마가 보고 싶었다.

어머니는 병원비를 마련하느라 다급했다. 아버지 병간호 때문에 장사도 제대로 할 수 없는 상황에 돈이 급해지자 동네 사람들에게 돈을 꾸기 시작했다. 병원비와 빚은 빠르게 늘어갔다. 감당할 수 없는 상황에 몰렸고, 돈을 못 받은 채무자들이 가게를 찾아와 행패를 부리는 일이 일어났다. 그 일로 어머니는 도망치듯 동네를 떠나 이사를 하셨다.

큰아버지 집에서 집으로 돌아온 후 나는 부모님과 살면서 자주 이사를 했고, 그 이후로도 종종 친척 집들을 옮겨다니며 살아야 했다. 여러 번의 전학으로 나는 학교생활에 적응하지 못했다. 반 친구들의 따돌림과 선생님의 폭력적인 모습도 적응하지 못한 이유 중 하나였다. 한번은 책상 서랍 정리를 못 해 선생님에게 뺨을 맞은 적이 있었는데, 다음 날 학교 교문 앞에서 우두커니 서 있다가 겁이 나서 집으로 돌아온 적이 있었다.

당시에 아버지는 깁스를 풀고 목발로 걸어 다니실 수 있는 상태까지 호전되어 집에서 몸을 추스르고 계셨는데, 등교하지 않고 돌아온 나를 보고, 왜 학교에 안 갔는지 이유를 물으셨다. 이야기를 들으시고는 불편한 다리를 내디디며 내 손을 끌고 학교 선생님께 데려다주셨다. 그리고 선생님께 당부했다. 공부를 못해도 되니 때리지만 말아달라고. 그 후로 선생님께 별다른 폭력을 당하지는 않았지만, 화가 나면 책을 집어 던지는 선생님 때문에 너무 괴로웠다. 지옥 같은 날들이었다.

아버지는 집에서라도 할 일을 찾으셨다. 재봉틀을 들여와 인형을 만드는 일을 했고, 엄마는 공장에 출근하셨다. 그러던 중, 부모님에게 일자리 권유가 들어왔다. 엄마에게는 나이 차이가 많이 안 나는 이모가 한 분 계셨는데, 나에게는 이모할머니가 되는 분이다. 그분은 한국에서 아버지의 학대로 갖은 고생을 하다가 일본에 정착해서 큰 부자가 되셨다. 엄마의 사정을 아시고 돈을 벌게 해줄 테니 일본으로 와서 일하라는 거였다. 엄마는 일본에 가기로 하셨다. 아버지도 어느 정도 걸을 수 있게 되자 고모로부터 양돈 키우는 일을 제안받으셨다. 지역은 포천이었다.

나는 아버지와 함께 포천으로 갔다. 학교는 버스로 네 정거장 정도 되었다. 걸어서 등하교했다. 학교생활은 순조로웠다. 도시에 살 때와는 달랐다. 선생님은 좋은 분이셨고 따돌림도 없었다. 나는 말 없는 조용한 아이였다. 평온하고 아름다운 날들이었다. 2학기 정도를 그곳에서 보냈던 것 같다. 그렇게 적응하던 중 하곳길, 집에 도착했을 때 평소와 다른 분위기를 느꼈고 아빠 옆에 서 있는 어떤 아주머니를 보았다. 엄마였다! 엄마는 눈물이 그렁그렁 한 채 나를 껴안으며 울었다. 낯설었지만 행복했다.

엄마가 온 뒤 집안은 활기가 돌았다. 빨래, 청소, 반찬도 달라졌다. 엄마의 자리는 참으로 컸다. 나는 상황이 좋아져서 엄마가 돌아온 줄 알았다. 하지만 엄마는 또다시 일해야 했다. 일본에서 돈을 마련하긴 했지만, 서울에 방을 구할 수 있을 정도의 돈이었던 것 같다. 이번에는 서울 강북구 미아동에서 아빠를 제외한 네 식구가 함께하게 되었다. 어머니가 서울에 구한 집을 보러 갔을 때 나는 숨이 막혔다. 집들이 다닥다닥 붙어 있고 사람 하나 지나다닐 수 있을 정도의 좁은 골목이었다. 세를 얻은 집 대문을 열면 공동 수도가 있고 수도를 중심으로 세 가구가 살았다. 우리가 살 집은 대문 옆 아주 작은 방이었다. 부엌 입구 쪽에 연탄 아궁이가 있었고, 안쪽으로 LPG 가스통이 있었다. 화장실은 대문 밖을 나가야 있었다. 사람들이 지나다니는 골목 길가에 있는 재래식 화장실이었다. 어머니는 집 근처의 재봉 공장에 다니기 시작하셨다. 식구들이 함께 살게 된 것은 기뻤지만, 나는 포천이 그리웠다.

숨 막히는 서울살이였다. 그렇게 몇 해를 살았던 것 같다. 엄마는 이모할머니와 통화를 자주 하셨다. 그분은 엄마를 무척이나 걱정하시는 것으로 보였다. 그렇게 통화를 하는 엄마 옆에서 어떤 통화 내용인지를 엿듣게 되었는데, 집을 내어줄 테니 그곳에서 하숙집이라도 하면서 먹고살라는 내용이었다. 이모할머니가 일본에 정착하신 후 돈을 벌게 되자 서울역 근처에 2층짜리 단독주택을 구매해놓으셨다. 한국에 올 때 쉬기 위함이었다. 그 단독주택을 우리가 쓸 수 있도록 1층 세입자를 내보내겠다는 것이다. 우리 삼 남매는 좋아서 흥분했다. 이제 잘살 수 있을 거라는 기대가 생겼다.

네 식구가 먼저 서울역 주택에 자리를 잡았고, 아버지는 포천에 몇 해 정도 더 계시다가 서울로 올라오셨다. 내가 초등학교 6학년 때 드디어 정착할 수 있게 되었다. 나는 그렇게 정착한 곳에서 고등학교를 졸업한 후, 직업학교를 통해 한복을 만드는 공장에서 일하게 되었다. 내가 일하던 곳은 저고리만 만드는 곳이었다. 도급제였고, 인원은 12명 정도였는데, 한복을 만드는 곳치고는 그래도 큰 편에 속했다. 일은 참으로 지루했다. 그런 노동이 의미 없고 지루하게만 느껴져 다른 일 좀 생겼으면 좋겠다는 생각을 한 적이 많았다.

지루한 직장생활을 하던 중, 오빠가 자신이 일하는 곳에 와보라며 초대를 했다. 다단계회사였다. 메인으로 파는 것은 자석 침구류였고, 부수적으로 다양한 제품들을 판매하는 곳이라고 했다. 큰집의 첫째 언니와 둘째 언니도 같이한다며, 회사에 한번 와보라고 했다. 몇 차례의 권유에 큰집 언니들도 볼 겸 방문하기로 했다. 회사에 방문해서 설명을 듣는데, 내용은 이러했다. 품질이 좋은 생활용품을 쓰면서 대리점이나 슈퍼에 주는 이윤을 회원들이 가져가는 것이고, 회원이 많이 모집된 상위레벨은 아래 회원들의 구매로 꾸준히 돈을 벌 수 있어 라인만 구축되면 큰돈을 벌 수 있다는 것이었다. 특히나 자석 침구류는 질병 대부분을 치료한다며 치료 원리에 관해서 설명해주었다. 질병을 치료하는 일이니 좋은 일이라는 것이었다. 언니들이 일하는 곳이니 확실하려니 생각했다. 하지만 사람을 데리고 와야 하는 일이 자신이 없다고 말하자 소개해줄 사람을 데려오면 여기 있는 사람들이 대신 설명해준다고 했다. 무엇보다 우리가 있으니 걱정할 것 없다며, 같이 하자는 말을 듣고 한복 일을 정리하기로 했다. 하지만 그 결정이 나 스스로 지옥문을 연 것인 줄은 당시에는 꿈에도 몰랐다.

첫날에는 내가 알고 있는 모든 사람의 리스트를 작성하게 했다. 그리고 제품에 대한 설명 수업을 듣고, 다른 사람들은 어떻게 상위 그룹까지 오게 되었는지 강연도 들었다. 성공한 사람들의 이야기를 들어야 나도 그 사람들처럼 될 수 있다며 여러 수업과 강연을 듣게 했다. 그리고 오빠는 생활비를 조달하기 위해 대출을 하자며 어딘가로 나를 데려갔는데, 편법 대출을 해주는 곳이었다. 그런 음지의 일들을 접한 적이 없어 불안해하는 나에게 오빠는 "더 많이 벌어서 갚으면 돼, 너는 승급할 거야!"라고 말했다. 오빠를 믿었다. 그렇게 만든 돈으로 사람들을 만나고,

회사를 소개해나갔지만, 일은 쉽지 않았다. 소개하는 나 자체가 자신감 없는 모습이었다. 설명할 자신이 없을 때는 회사 안으로 데려와 설명을 잘해줄 수 있는 사람 앞에 앉혀서 듣도록 해야 했지만, 만나기는 쉬워도 회사 안으로 데려오기는 참으로 힘이 들었다. 데려온다고 해도 설명을 들으려 하지 않았다. 자신감은 계속 떨어졌고, 어딘가로 숨고 싶었다. 내가 사람들을 속이고 있는 것 같았다. 하지만 멈출 수도 없었다. 언니들과 오빠를 위해서 실적을 만들어주어야 했다.

여러 가지 최악의 순간들이 있었지만, 그중 최악은 고종사촌 동생의 머리채를 잡은 일이었다. 처음에는 사무실로 데려와 설명을 듣게 했고, 그것이 안 먹히자 집으로 찾아갔고, 최후에는 머리채를 잡았다. 상급자들의 조언도 나의 행동을 부추기는 데 한몫했다. 머리채는 사촌 동생이 잡혔지만 상처받고 무너진 것은 나였다. 더군다나 그 과정에서 사촌 동생에게 고모를 모욕하는 말을 해버렸다. 이렇게까지 해야 하는지에 대한 의문도 들었다. 깊은 절망을 느꼈다. 어떤 집단에 발을 들여놓으면, 원치 않아도 휩쓸릴 때가 있다. 그곳에 발을 들여놓고 행동한 이상 나는 동조자가 된다. 그리고 동조자들이 모이면, 옳고 그름에 관한 판단이 흐려질 때가 많다. 언니들과 오빠를 비난하는 것이 아니다. 그들도 피해자다. 그곳에 합류하느냐 아니냐의 판단은 나의 몫이었고, 나는 잘못된 선택을 했다. 훗날 그 일에 대해 사촌 동생에게 사과했고 동생은 사과를 받아주었다.

이 사건 이후 나는 방 안에서 나오지 않았다. 그렇게 출근하지 않자 오빠는 화를 내며 방문을 걷어찼다. 차라리 노동해서 돈을 버는 게 낫다. 일을 그만두고 나니 마음의 짓눌림이 사라졌다. 자유를 다시 찾은 것 같았다. 참으로 숨 가쁜 날들을 지나왔다. 어릴 적 친척 집을 옮겨 다닐 때는 부모로부터 버려질까 봐 두려워했다. 모든 것이 내 힘으로 어찌할 수 없는 일투성이었다. 그래도 내 삶이었다. 그 시절의 나 자신에게 말해주고 싶다.

"잘 버텼다!"

02 고통 없는
인생은 없다

　내가 중학교 3학년 때 같은 반이었던 J는 반에서 인기가 많은 친구였다. 얼굴이 예뻤고, 키가 컸다. 공부도 상위급이었고, 말하는 것도 특이했던, 매력적인 아이였다. 아이들은 J와 친해지고 싶어 했고, 어떤 경우는 혼자만의 경쟁상대로 여기는 애도 있었다. 나와 그 친구는 친해질 수 없는 부류였지만 조별 과제를 하면서 알게 되어 방학 때는 독서실을, 시험 기간에는 도서관을 같이 다녔다. 우리 집은 늘 가난했지만, J의 집은 꽤 여유로웠다. 모든 것이 완벽해 보이는 친구였기에 부러웠고, 축복받은 아이 같았다. 나는 친구가 왜 나 같은 애와 어울리는지 이해가 가지 않았다. 주위에는 J와 친해지고 싶어 하는 멋진 애들이 많았기 때문이다.

　하지만 모든 것이 완벽할 것 같았던 그 친구에게는 힘든 가정사가 있었다. J의 어머니와 아버지는 서로 성격이 안 맞아 이혼을 하셨다고 한다. 부모님의 이혼 후, J는 아빠와 살았지만, 새엄마가 들어오면서 아버지와 사는 것이 힘들게 되어 외할머니와 몇 년 정도를 함께 살았다.

시간이 지나 아버지는 새엄마와 이혼을 하셨다. J는 아버지와 더 오래 떨어져 살게 되면 부모를 놓칠 것 같다는 생각에 아버지에게 돌아간 것인데, 집안 살림이 모두 J의 몫이 되어버렸다. 또한, 아버지는 훈계가 많으셨고 기분이 언짢은 날이면 문제가 될 것이 없는 것을 걸고 넘어지셨기에 J는 결국 가출해서 우리 집으로 와서 일주일가량 지내다 엄마에게 갔다가 다시 아버지에게 돌아갔다.

그 후 우여곡절 끝에 대학에 들어갔다. 대학생 때도 인기는 여전해서 주변에 남자들이 많았다. 남자를 사귈 때는 나에게 소개시켜주기도 했고, 헤어질 때는 헤어진 과정을 이야기해주기도 했다. 다른 남자를 만날 때도 소개시켜주었고 헤어지기를 반복했다. J는 대학 입학 후 알게 된 오빠에 대해 이야기해주었는데, 그 사람은 신이 따라다니는 사람이었다. 사람을 만나면 그 사람에 관한 것들이 보인다고 했다. J는 나를 그 오빠와 만나게 해주었다. 오빠의 외모는 생각보다 수수했다. 듣기로는 기타를 독학으로 공부해서 가수와 녹음작업을 하고 그림을 배우지 않았음에도 재주가 있어 문화재 복원에도 잠시 참여했다고 했다. 나는 내 미래에 대해 별다른 질문을 하지 않았다.

내가 오빠에게 했던 질문은 내 성격에 문제가 있는지에 대한 몇 가지 질문뿐이었다. 내 미래가 어떠한지 궁금하지 않아서였는지는 모르겠지만, J 주위에 있는 사람들이 그저 신기하기만 했던 것 같다. 모두 잘사는 집안 남자들이었고 학벌도 좋았고 무엇 하나 부족한 것 없는 부류들이었다. 그 오빠를 만나고 나서 그 친구를 더 신비롭게 생각했던 것 같다. 그는 J를 보고 남자를 만나지 말라고 말했다.

"너는 남자들에게서 네가 받는다고 생각하지만 받는 것보다 빼앗기는 게 더 많을 거야. 그들을 만나면 만날수록 너에게서 어떤 것이든 한 가지씩 빼앗아갈 거야. 몸이든, 시간이든, 무엇이든. 현재 너는 혼자 스스로 할 줄 아는 것이 아무것도 없어. 혼자 일어설 줄도 모르고! 40살 전까지는 남자 만나지 마!"

그런 말을 듣고도 친구는 남자를 만났던 것 같다.

그 후 친구와 연락이 끊겼다가 다시 만나게 되었을 때는 가족들과 모두 의절한 상태였고, 유일하게 외할머니와 연락을 취하고 있었다. 결혼한다고 했지만, 결혼한 남자와 오래가지는 못한 듯 보였다. J의 SNS에 올라온 이야기들은 모두 다 괴로운 감정들뿐이었다. 그리고 이후에도 삶이 그리 편해 보이지 않았다. 당시 나는 J를 부러워했었다. 친구가 어른이 되어서는 행복하고 완벽한 삶을 살 줄 알았다. 남자들이 뭐든 해주니 부러웠다. 나는 외모가 잘난 것도 아니고 공부도 못해서 항상 자신이 없었고, 그 친구처럼 부모 돈으로 대학을 갈 수도 없었다. 하지만 시

내면의 치유를 위한 상처 떠나보내기

간이 흘러 친구의 모습은 내 예상과는 전혀 달랐다. 10대와 20대에는 예쁘면 모든 것이 괜찮을 줄 알았다. 하지만 삶은 그리 단순하지 않았다.

그리고 내가 부러워했던 또 한 사람이 있었는데, 그 사람은 우리 집에서 하숙했던 명문대학교에 재학 중인 학생이었다. 처음에 1년 정도를 우리 집에서 머물다가 군 제대 후 다시 오겠다며 떠났다가 2년 후 돌아와 하숙했다. 내가 기억하는 그는 안경 쓴 모범생에 조용한 사람이었다. 하지만 어딘가 어두운 구석이 있었다. 하루는 그 남자의 어머니가 아들의 방에 찾아와 이야기를 나누다가 돌아가셨다. 엄마는 그 대학생 어머니와 이야기한 내용을 나에게 말해주었다.

그분의 남편은 직업군인이었다. 첫째 딸을 낳고 아들을 임신했을 당시에 남편이 군대에서 사고로 목숨을 잃어 아들이 아버지 얼굴 한 번 못 보고 커야 했다고 한다. 혼자 아이들을 키워야 했던 아주머니는 혹시라도 아버지 없는 아이라는 소리를 들을까 봐 딸아이를 모질게 대했다고 한다. 반면 둘째였던 남자는 아버지의 손길 한번 받지 못한 자식이라는 생각에 마음이 안쓰러워 다정하게 대했다. 하지만 모질게 대했던 딸이 대학에 다니던 중 교통사고로 생을 마감했다. 가슴이 미어질 정도로 아프고, 그렇게 보낼 줄 알았으면 모질게 대하지 않았을 거라고, 너무 후회된다고 말씀하셨다는 것이다.

엄마의 이야기는 여기까지였지만, 차후 나는 다른 사람에게서 그 사람에 대한 더 자세한 이야기를 듣게 되었다. 그 사람의 누나는 대학에 다닐 무렵, 어떤 동아리 활동을 했는데, 남자는 대학에 입학하자마자 누나와 같은 활동을 하는 동아리 모임에 가입했다는 것이다. 그는 누나를 존경할 정도로 따랐고 사랑했고, 누나의 행적을 알고 싶어 했던 것 같았다. 그리고 동아리 활동을 접으면서 누나를 마음속에서 떠나보낸 것 같다. 또한 군대에 가지 않아도 되는 조건임에도 굳이 자원입대를 했는데, 아버지가 일하셨고 살아가셨던 행적을 밟아보고 싶어 자원해서 입대했다는 것이다.

내가 보기에는 완벽한 조건에서 자란, 온실 속의 화초 같아 보였던 사람이었는데, 화초가 아니라 잡초였다는 사실에 놀랐다. 그 사람의 이야기를 들으며 그리움과 사랑, 숭고함이 느껴졌다. 고통이 그 사람을 숭고하게 만든 것 같았다. 그리고 더 빛나 보였다. 내 눈에는 모든 것이 완벽해 보이는 두 사람이었지만, 삶의 무게는 똑같이 무겁다는 생각이 들었다. 외모와 다른 각자만의 삶의 무게가, 버거움이 있었다. 나는 과거에 내 눈에 비친 나 아닌 다른 존재들의 삶을 선망했지만, 그 모습은 일부고 단적인 하나의 모습이었다. 그리고 그것을 전부인 양 판단한 내 못남을 깨달았다.

때로는 본인 스스로 고통을 만드는 사람들을 볼 때가 있다. 내가 근무했던 매장의 사장님에게는 누님이 두 분 계시하는데 큰 누님이 굉장한 자산가셨다. 사장님은 자기 큰누님 이야기를 많이 했는데, 주로 별난 성격에 관한 이야기였다. 예를 들어, 한번은 큰누님이 작은누님에게 전에 빌려주었던 50원을 왜 안 갚느냐며 화를 내자 작은 누님이 불쾌감을 드러내면서 말싸움이 이어졌고, 그 뒤로 몇 주 동안 연락을 하지 않는다고 했다. 5만 원도 아니고 50원 때문에 말이다. 또한, 사장님의 큰누님에게는 두 아들이 있었는데, 큰아들은 그럭저럭 공부를 잘했지만, 작은아들은 고등학교 때 성적이 형편없어서 한 달에 1,000만 원짜리 과외를 시켰지만 결과는 그리 좋지 않았고, 공부에 전혀 관심을 보이지 않았다. 이후에는 유학까지 보내주고 결혼까지 시켰는데 본인 스스로 일을 하기보다 부모의 재산에 관심을 보인다는 것이다.

사장님의 넋두리를 가끔 들어주며 "그래도 부자여서 좋겠어요!"라고 내가 이야기했을 때 사장님은 "좋긴 뭐가 좋겠냐, 그 작은아들이 재산 내놓으라고 집에 찾아와서 깽판을 치는데. 그렇게 난장판을 칠 때 큰누님은 다 같이 죽어버리고 싶다고 한다. 부자면 뭐하냐! 부자도 힘들다! 안 힘든 사람이 어디 있어!" 사장님의 이야기를 들으며 내심 저런 부자는 되고 싶지 않다는 생각이 들었다.

나는 평탄하게만 사는 사람을 본 적이 없다. 제삼자가 보는 시야와 당사자가 보는 시야는 서로 다를 수밖에 없다. 제삼자가 보기에는 '부자여서 좋겠다', '예뻐서, 잘생겨서, 학벌이 좋아서 좋겠다'라고 생각할 수 있지만, 당사자가 겪는 삶의 무게는 제삼자가 알 수 없다. 시간이 흘러 내가 욕망했던 타인들의 삶 역시 나보다 나을 것도 못날 것도 없었음을 느낀다. 그저 각자의 삶을 살아가고, 살아내고 있을 뿐이다. 고통 없는 인생이 어디 있겠는가! 나는 이 말을 나이가 들어가며 더 절실히 깨닫는다.

가족의 삶을
내 삶으로 착각하지 말자

나는 집에서 유튜브로 영상을 많이 본다. 최근, 가족으로 인해 빚을 지는 경우 또는 사기 연애로 정신적·금전적으로 궁지에 몰리는 이야기를 담은 영상을 보게 되었는데, 그중 20대의 평범한 회사원이 가족으로 인해 1억 원의 빚을 지게 된 내용이 있었다.

결혼한 누나가 가게 운영이 힘들어지자 20대인 남동생이 은행에서 대출을 받아 누나에게 주고 빚을 갚아나갔다. 그리고 얼마 후 누나는 또다시 엄마와 남동생이 사는 집에 찾아와 전셋집을 옮겨야 하니 2,000만 원만 융통해달라며 엄마에게 요구한다. 엄마가 돈이 없다고 하자 이번에는 남동생에게 요구한다. "네가 엄마를 모시고 사니 네 이름으로 대출받아서 누나에게 돈을 해줄 수 있지 않냐!"라며 말도 안 되는 논리를 들어 남동생을 압박

하다가 집으로 돌아갔다고 한다.

　돈을 해줄 수 없는 부모는 속앓이한다. 그 모습을 곁에서 지켜본 아들은 엄마를 위해서라도 돈을 마련해야겠다는 생각에 은행으로 달려가 대출 서류를 집어넣는다. 하지만 대출 심사에 떨어지는데, 떨어진 사유를 알게 된 후 절망하게 된다. 이유는 현재 빚이 1억 원이 넘어 더는 대출이 안 된다는 것이었다. 그 청년은 8,000만 원 정도로 알고 있던 빚이 알고 보니 1억 원이나 있었다는 것이다. 집안에 일이 있을 때마다 이렇게 저렇게 빚을 내어 메꾸다 보니 본인이 얼마를 융통했는지 파악하지 못했던 것이었다.

　어머니는 어머니대로 딸에게 돈을 마련해주고 싶어 대출받아 코인 투자를 하시다가 사기를 당하시고 몸져눕게 되신다. 청년의 근심은 날이 갈수록 더해만 갔다. 자신의 미래가 암담하고 희망이 없게 느껴졌다. 그래서 미래를 포기하기로 결심하고 여자친구에게 이별을 고했다. 청년의 이야기를 들은 시청자의 댓글은 모두 돈을 해주지 말라는 내용이었다. 나는 어떠한 댓글도 남겨주지 못했다.

　우리는 때로 가족의 아픔을 내 아픔으로, 가족의 삶을 내 삶으로 착각하는 경우가 있다. 너무 사랑해서 아픔을 짊어지고 싶은 마음이다. 나 역시 똑같은 경험을 했고 겪어왔기에 그 고통을 누구보다 잘 안다. 사랑의 감정은 극단까지 치달아 바닥을 보기 전까지는 끝낼 수가 없다. 절대로 상대의 손을 놓을 수가 없다. 애절함과 절박함으로 사랑하는 사람을 구해주고 싶은 마음은 당사자가 아니면 절대 알 수가 없다. 그리고 그 감정은 살아갈 이유가 되기도 한다. 말려도 소용 없다. 그 사람에게 내가 해줄 수 있는 말은 그저 '당신 사랑의 끝에 아무것도 남은 것이 없어도 후회 없이 사랑했다면 당신은 충분히 아름다운 사람이다. 모두 다 지나갈 거다. 괜찮다. 그 감정이 끝이 나면 당신 삶을 살아라!'다.

나는 고등학교 때 집 근처 독서실을 다닌 적이 있는데, 그곳에서 알게 된 언니가 있었다. 고등학교를 졸업 후, 회사에 다니다가 야간대학이라도 다닐 마음으로 독서실에 들어오게 된 언니였는데, 바로 옆자리여서 얼굴을 익히다가 친해지게 되어 밥도 먹고 비디오방도 다니며 함께했다. 어느 날인가 학교에서 수업이 끝나고 담임선생님이 조용히 나를 부르길래 무슨 일인지 의아해하니 등록금이 납부가 안 되었다는 것이다. 다른 학생들이 모르도록 조용히 부른 것이었다. 어머니께 말씀 좀 해달라는 선생님의 당부에 마음이 무거웠다. 엄마가 돈이 없다는 생각에 마음이 아파왔다. 나는 엄마에게 등록금 이야기를 해야 하는 것이 힘이 들었다. 엄마에게 선생님의 말을 전하지 못하고 고민을 하며 독서실에 도착해 언니에게 내 고민을 이야기하니 언니는 "혜임아, 그건 엄마의 몫이지, 너의 몫이 아니야! 네가 돈을 걱정하는 것은 주제넘은 일이야. 엄마가 엄마의 역할을 할 수 있게 해줘야지!"라고 말했다. 나는 그 말을 듣고 마음이 가벼워졌던 기억이 있다.

우리는 타인의 몫을 대신 감당하고 있으면서도 인지를 못 할 때가 있다. 그 언니의 말처럼, 각자의 역할이 있고 그 몫을 대신하려는 순간 나는 더 이상 내 삶을 살 수 없게 되는 것이다.

내가 다단계를 그만두자 그 일만 아니면 어떤 일이든지 해낼 수 있다는 자신감이 샘솟았다. 마음도 무겁지 않고 내가 일한 노동력만큼 돈을 벌 수 있다는 생각에 뭐든 해낼 수 있을 것 같았다. 그렇게 시작한 것이 신발 장식 부자재를 판매하는 일이었다. 나는 늦은 시간까지 남아 일하곤 했는데, 월급은 적었지만, 일할 수 있음에 그저 감사할 뿐이었다. 그렇게 일한 지 세 달도 안 되었을 때 오빠에게서 전화가 왔다. 돈을 꿔달라는 것이었다. 나는 흔쾌히 꿔주기로 했다. 그러고 나서 오빠는 얼마 뒤 돈을 또 꿔달라고 했다. 수중에 돈이 없자 나는 가불을 하기 시작했다. 그 뒤에도 계속된 돈 요구로 가불 금액이 월급을 훌쩍 넘은 250만 원이 되었다. 오빠가 돈을 꿔갈 때 하는 말은 늘 똑같았다. '다단계해서 성공하면 갚을 테니 꿔달라. 내가 성공 못 할 것 같냐!'였다.

나는 오빠 때문에 가불한 금액이 얼마인지를 이야기하며 내 월급이 100만 원도 안 된다는 것을 상기시켜주었다. 본인이 생각하기에도 도가 지나치다 싶었는지 이후에는 돈 요구를 하지 않았다. 그러다 상황이 더 궁핍해지자 오빠는 자석요 다단계를 그만두었다. 그렇게 확신에 차서 돈을 끌어대고 시간 투자를 했는데, 허무하게 느껴졌다. 오빠는 이후에도 여러 다단계를 전전했다. 후에 가족과 의절하고 친척들에게 소식을 들었을 때는 오빠는 다단계 일을 완전히 접은 듯했다. 그리고 세월이 또 흘러 새로운 소식을 들었을 때는 오빠는 대리운전을 하며 또다시 다단계를 한다고 했다. 순간 떠오른 생각은 '사람은 안 바뀌는구나'였다. 돈을 빌려준 것이 참으로 무의미하게 느껴졌다. 내가 오빠를 도와줌으로써 빨리 끝냈을 하나의 시기를 끝내지 못하고 시간만 연장해주었다는 생각이 들었다. 어차피 돈을 빌려주든 안 빌려주든 본인 스스로 해결하며 다단계를 할 사람이었던 것이다.

언젠가 법륜스님이 한 여자분의 고민을 상담해주시는 영상을 보게 되었다. 맏딸로 40대 정도 되었고, 남동생은 결혼해서 아이들 키우며 살고 있지만, 자신의 앞가림을 못해서 어머니에게 손을 벌리는 일이 많았다. 앞가림 못하는 동생의 돈을 해주기 위해 나이 들어서도 일을 하고, 가끔 아들 집에 가서 조카들을 돌보며 허드렛일하는 엄마를 그녀는 너무 안쓰러워했다. 그래서 자신이 모아둔 적금을 깨고, 때로는 대출을 받아 엄마를 도와주었다. 그러다 어느 명절 전날, 제사 준비를 도우러 남동생 집에 가서 일하고 있는데, 남동생에게 세탁소에서 맡겨놓은 옷을 찾아가라며 전화가 왔다. 전화를 끊은 후 동생은 엄마에게 달려가 세탁비 만 원만 달라며 엄마에게 손을 벌렸다. 그 꼴을 지켜보고 있던 누나는 화가 나서 동생에게 따지기 시작했다. "너는 나이가 몇 살인데 아직도 엄마한테 손을 벌리냐!" 그 말을 들은 남동생은 화를 내며 누나를 향해 상스러운 욕을 한다. 그것도 조카들 앞에서. 그런 일을 당하니 남동생이 용서가 안 된다고 법륜스님에게 상담을 요청한 것이다. 그 내용을 들은 법륜 스님은 왜 남의 집에 가서 참견하느냐는 훈계를 하셨다.

상담자 : 한 가족인데 남이라고요?

스님 : 그래. 예전에는 한 가족이었지만 동생은 가정을 가진 '남'이다.

상담자 : 나이가 40살이 넘어서 엄마한테 얼마 되지도 않는 돈을 타내는 게 잘못된 거 아니에요?"

그녀는 스님의 훈계 중 '남'이라는 단어에 충격을 받은 것 같았다. 스님은 가족과 자신을 분리하지 못하고 가족의 삶을 사는 그녀의 모습을 지적해준 것이었다. 남동생에게는 남동생의 삶이 있고, 어머니에게는 어머니의 삶이 있다. 남동생은 어머니에게 자식이다. 그 사례자의 자식이 아니다. 어머니가 보시기에 앞가림을 잘하는 사례자는 걱정이 안 되는 반면 아들은 앞가림을 못해서 마음 아픈, 아픈 손가락 같은 존재일 것이다. 사례자인 맏딸은 엄마를 어떻게든 편하게 해주고 싶지만, 그것은 그녀의 바람일 뿐이다.

　　그녀는 엄마를 위해 적금을 깨고 대출을 받았지만, 그녀의 바람대로 엄마가 편해지지는 못했다. 그녀의 돈이 남동생에게 들어가며 요구가 더 많이 늘어났을 것이고, 엄마에게 칭얼대면 돈이 나오니 돈이 많다고 생각할 것이다. 그러다 더 이상 돈이 나올 수 없을 때까지 반복될 수도 있을 것이다. 그 사연을 들으면서 그녀가 엄마의 삶을 인정해주고 이제 자신의 삶을 살아가기를 바라는 마음이 들었다.

04 현실이 나를
숨 막히게 할 때

    내가 한복을 만들 당시, 한복 일이 비수기일 때 잠시 아르바이트했던 장식 매장이 있었다. 다단계를 그만둔 후 장사나 배워볼 심산으로 그때 일했던 곳 사장님을 찾아갔다. 앞에서도 말했던 신발 장식 부자재를 판매하는 매장이다. 나는 미싱을 다룰 줄 알았기에 사장님은 채용해주었다. 그리고 열심히 하면 가게를 차리도록 도와주겠다며 힘들어도 일해줄 것을 당부했다. 입사 당시, 사장님은 무척 힘든 상황이었다. 사장님 매형의 암묵적인 횡포로 매장 운영을 뜻대로 할 수가 없었다.

    동대문에 매장이 있었는데 다른 품목 쪽으로 길을 찾아보고자 남대문에 매장을 열어 운영했지만 나아지는 것이 없었다. 남대문에 채용한 여직원은 허풍이 심했다. 말로는 변화를 주어 매출을 엄청나게 올리고, 하루아침에 남대문을 섭렵할 것처럼 떠

내면의 자유를 위한 심저 떠나보내기

들어댔지만, 아무것도 실행하는 것이 없었다. 신상을 만들자며 디자인을 제의하고 몇백만 원을 들여 금형이 나오면 너무 무거워 팔 수 없다며 돈을 날려 먹게 한 적도 있었다. 동대문에 사장님과 함께 일하는 남자 직원은 술 먹은 다음 날은 늘 결근해서 일 진행이 안 되는 사람이었다. 무엇 하나 뜻대로 안 되는 상황에서 내가 들어갔고, 나는 입사 날부터 야근을 마다하지 않았다. 다단계만 아니면 뭐든 할 수 있었다.

두 직원은 나보다 일찍 퇴근했다. 나는 기한 내에 만들어야 하는 물건 때문에 정신이 없었다. 두 직원은 그런 내가 꽤 거슬렸던 모양이다. 특히 남대문 직원은 온갖 입담으로 사장님의 신임을 받고 있었는데 일만 하는 나에게 사장님의 신임을 빼앗긴다는 생각이 들어 불안했던 모양이다. 하지만 나는 그런 눈치를 신경 쓸 겨를이 없었다. 엉망진창인 집안 사정을 신경 쓰기도 바빴고, 만들어야 할 물건도 많았다. 사장님은 내게 "저 두 직원이 너를 꽤 경계하는 것 같다"라는 이야기를 했을 때 나는 그저 "사장님, 이 물건 내일 나가야 해요!"라고 말했다.

그러던 어느 날, 언니는 나를 내쫓을 만한 약점을 잡았다. 내가 자리에 없으면 사소한 꼬투리를 잡아 사장님에게 이간질했었는데 그날은 뭔가 심각하게 달랐다. 2층 창고에서 작업을 하고 있는데, 일하는 내내 아무도 오고 가지 않는 것이 이상했다. 그리고 심상치 않음을 느꼈다. 그리고 알았다. 남대문 언니가 또 사장님한테 내 욕을 하고 있다는 것을. 그날 나는 나를 옭아매고 엄습해오는 공격적인 기운을 온몸으로 느꼈다. 그리고 기다렸다. 어떤 통보가 날아올지. 몇 시간 후, 남대문 언니가 들어오며 나를 노려보던 그 눈빛은 정말이지 잊을 수가 없다. '너는 이제 끝났다. 고소해 죽겠다'라고 말하는 듯한 그 쏘아보던 눈빛. 언니는 내게 "사장님이 너를 찾는다"라며 1층으로 내려가라고 했다.

사장님은 내게 다단계를 했었는지를 물어보았다. 순간 숨이 멎는 줄 알았다. 너무 잊고 싶은 단어이고 꺼내고 싶지 않은 이름, 삭제해버리고 싶은 이름인 '다단계'를 내 앞에 들이밀자 숨막히는 이 상황을 어떻게 빠져나가야 할지 우왕좌왕 말을 잇지 못했다. 나는 눈알을 굴렸다. 거짓말을 할지 말지 고민하다가 솔직하게 말하기로 결심했다. 다단계를 했다고 실토하자 다음 질문은 유부남을 만나냐는 것이었다. 나는 사장님이 내게 하는 질문이 무슨 뜻인지 이해를 못 했다. 당시에 오빠랑 친한 부부가 있었는데, 그 부부 중 남편 쪽을 '오빠'이면서 '유부남'이라고 부르곤 했고, 일하던 중 몇 번 통화를 했었다. 별일 없는 그냥 안부 통화였다. 그 호칭으로 인해 유부남을 만나는 것으로 꾸며 궁지로 몬 것이었다.

사장님에게 알아듣게 이야기했다. 사장님은 내게 '애들이 지저분한 애랑 같이 일하기 싫다고 하는데…'라고 말했다. 나는 참

내면의 자유를 위한 심서 떠나보내기

담함을 느꼈고, 어떤 변명도 할 수가 없었다. 다단계로 인해 이런 큰 죄인이 될 줄 몰랐다. 너무 어렸고 상처만 들쑤시는 그날의 숨 막히는 공기 속에서 아무 말도 할 수가 없었다. 너무 고통스럽고 힘이 들었다. 심각하게 몰아가는 분위기에 압도되어 마비된 듯 얼어버렸고, 모든 것이 폭로되어 참담했다. 사장님은 두 사람에게는 내가 잘 이야기하겠다며 오늘은 기분도 안 좋을 텐데 일찍 들어가서 쉬고 내일 출근하라고 했다. 아침이 밝아왔지만, 마음에 절망이 가득했다. 출근을 할 수가 없었다. 핸드폰이 울려 받아보니 사장님이었다. 혹시나 출근하지 않을까 봐 전화한 것이었다. 그렇게 출근했고 일을 했다. 달리 갈 곳이 없었다. 일은 지나갔지만, 그날의 마녀사냥은 두 번 다시 겪고 싶지 않은 숨 막히는 경험이었다.

입사한 지 3년 정도 되자 매장은 크게 커져 중국에 공장을 차리게 되었다. 전에 있던 두 직원은 자연스럽게 퇴사했다. 남자는 술 먹고 무단결근으로, 여직원은 매장을 전혀 지키지 않는다는 주위 상인분의 귀띔으로 인해 남대문 매장을 폐업하게 되면서 자연스럽게 퇴사했다. 그리고 다른 직원들이 채워졌고 인원도 많아졌다. 규모가 커지며 매출이 늘자 사장님은 나를 내쫓다시피 해서 매장을 차릴 수 있게 해주셨다. 아마도 돈을 벌어 잘되었으면 했던 마음이었던 것 같다. 하지만 말이 매장이지, 개판이었다. 핸드메이드 상품으로 장식을 만들었는데, 손이 많이 가는 일이다 보니 부업을 할 사람도 필요했고 매장에서 같이 일할 사람도 필요했다. 나와 한 살 터울인 동생을 직원으로 썼다. 동생과 나는 사이가 좋지 않았다. 동생은 자기 힘으로 할 줄 아는 것이 없고 변변한 직업을 가진 적도 없었다. 고등학교를 졸업해서는 늘 술만 먹는 게 일이었다. 탐탁지 않았지만 우리는 서로 선택의 여지가 없었다. 동생은 백수였고 나는 사람이 필요했다.

하지만 역시나 우려하던 일들은 일어났다. 출근이 늦을 때가 많았고 동생에게 부업할 물건을 챙겨놓으라고 부탁한 후, 부업하시는 분에게 도착해서 설명하려고 하면 중요한 물건이 꼭 하나씩 빠져 있어서 그날 작업을 못 하는 경우가 많았다. 또 납품해야 하는 날짜가 있어 좀 늦게까지 같이 일해주기를 바랐지만, 하루나 이틀 정도뿐 그 이후에는 불만을 토로하며 월급을 언제 올려줄 거냐며 야근하기 싫고 월급이 적다고 투덜댔다. 자금 없이 겨우겨우 버티고 있었기에 돈도, 기댈 곳도 없어 막막했던 내 마음과는 다르게 동생은 내가 꽤 잘 번다고 생각했던 것 같다. 동생과 대화할수록 가슴이 답답했다. 그냥 쓰러져 어딘가에 숨고 싶었다. 그러다 싸우게 되면 다음 날 출근을 하지 않았다. 나는 싸워도 출근은 좀 해달라고 요청했고, 동생은 그러겠다고 했다.

하지만 동생은 약속을 지킬 만큼 성실하지 못했다. 한번은 크게 싸웠는데, 싸운 당일 동생은 '내일 출근할 테니 걱정하지 마!' 라는 문자를 주었다. 안심하고 새벽에 퇴근했다. 아침에 깼을 때 동생이 출근하지 않은 것을 알고 급하게 매장으로 달려가 문을 열었다. 매장 문을 열고 쌓여 있는 일감을 보았을 때는 정말이지 죽고 싶었다. 아무도 없이 나 혼자 짊어지고 가야 하는 그 버거움은 이루 말로 표현할 수 없을 정도였다. 세상에 나 혼자인 것 같았다. 이렇게 운영한다고 해서 돈을 버는 것도 아니었다. 시작한 지 얼마 되지도 않았고 매출도 형편없었다. 납품기한을 늦출 수 있는 것도 아니었다.

공장들도 일정이 있어서 주문을 받은 물건은 정해진 날짜에 납품해야 했다. 납품하는 사장님들은 나의 이런 심정을 깊이 공감할 것이라 믿는다. 결국 동생을 포기하고 다른 직원을 채용하며 운영을 이어나갔다. 재료 조달을 받아야 했기 때문에 사장님 매장과는 자주 왕래했다. 사장님은 나에게 그곳에 언제든 물건을 찾아갈 수 있도록 매장 열쇠를 주셨다. 늦은 저녁, 모두 퇴근한 후 혼자 물건을 찾으러 들렀을 때 낯익은 집기들과 매장 풍경을 보며 서럽게 울었다. 사장님 밑에서 월급 받을 때가 그리웠다. 너무 철없이 매장을 차렸다는 후회가 밀려왔다. 그리고 사장님 곁에서 일하는 동료와 언니들이 부럽고 그리웠다.

다시 돌아가고 싶었다. 그래서 결심하고 사장님에게 다시 직원이 될 수 있을지, 돌아갈 수 있을지를 물었다. 사장님은 흔쾌히 받아주셨다. 장사를 시작한 지 2년 만의 일이었다. 가계를 정리하기로 마음먹고 부모님에게도 이야기했다. 폐업을 앞두고 무겁던 마음도 조금 가벼워질 때쯤 아빠에게 전화가 왔다. 이런 저런 것들을 물어보시며 대답을 했는데 전화한 목적은 결국 돈이었다. 동생 퇴직금으로 2,000만 원은 주어야 되지 않냐는 것이었다. 내가 망해서 폐업하는 상황에서 돈이 어디 있다고 돈을 주라는 말인가? 더군다나 내게는 당시에 엄마가 6개월만 쓰고 주겠다며 내 이름으로 빌린 5,000만 원의 빚이 있었다. 그런 사정을 모두 알고 있으면서 또 돈을 달라니! 내가 장사를 2년 만에 접는데 동생이 일한 것은 6개월 정도였다. 지각과 결근을 반복하다 무단결근으로 끝이 났는데, 몇 달 일하고 2,000만 원을 달라니. 나는 망해서 폐업한 것이기에 돈이 없고 동생은 출근도 잘 하지 않을 정도로 근무태도가 별로였다고 설명했다. 아빠는 알았다며 전화를 끊었다.

이후 직장생활에 적응해갈 때쯤 늦은 퇴근길에 아빠에게 전화가 왔다. 당시에 어떤 통화를 했는지는 자세히 기억이 나지 않지만, 또 돈이야기였다. 나는 숨이 막혀왔다. 새벽에 집에 도착해 방에 누우니 마음 안에서 분노가 차올랐다. 더 이상 이렇게 살 수 없다는 생각이 들었다. 다음 날 낮에 조퇴하고 집에 몰래 들어가 나의 짐을 빼내 친구 집으로 도둑 이사를 했다. 친구는 나를 환영해주었다. 숨 막히는 현실은 바꿀 수 없지만 도망갈 친구 집이 있어 다행이라는 생각이 들었다. 겨울이었고 친구의 옥탑방 공기는 추웠지만, 그날 밤은 아주 잘 잤던 것 같다.

내면의 자유를 위한 상처 떠나보내기

05

최선을 다하고
최악을 만나다

다단계를 할 당시 여러 군데에서 대출을 받았다. 기억나는 것은 핸드폰 깡을 하는 곳과 허위로 미용실을 한다며 서류를 조작해 대출해주는 곳, 그리고 대부업체였다. 오빠는 그런 대출을 합리화했었다. 빨리 승급하려면 그런 일은 불가피하다는 식이었다. 오래도록 이 일을 해온 사람이니 나보다는 빨리 가는 법을 알 것이고, 오래 했으니 문제 될 일은 안 만들 거라고 믿었다. 그래서 하라는 대로 따라갔다. 그렇게 대출을 끌어왔지만, 돈을 갚을 수 없었다. 대출금 상환이 조금씩 밀리게 되자 막말이 담긴 문자를 받기 시작했다. 그러면서도 실적을 내기 위해 여러 사람을 만났고, 알고 있는 사람들이 바닥나면 모임이나 소개를 통해 인맥을 늘렸다. 그중에 나보다 2살 많은 남자를 알게 되었는데, 방송일을 하는 사람이었다. 당시에는 눈이 멀어 그 사람이 나를 어떤 마음으로 만나고 있는지 전혀 관심이 없었다.

하지만 그는 나를 가볍게 만났던 게 아니었다. 늦은 저녁, 실적 마감이 임박한 날 남자를 회사 근처로 불러내어 다단계를 권유했다. 약간의 말싸움이 있었고 나는 뺨을 맞았다. 뺨을 맞고도 나는 정신을 못 차렸다. 오로지 실적이 중요했다. 코에서 무언가 흘러내렸다. 코피였다. 남자는 당황했는지 고소하고 싶으면 고소를 하라고 했다. 그날은 그렇게 헤어지고 다음 날 아침 일찍 그에게서 전화가 왔다. 집 근처이니 만나자는 전화였다. 나가보니 그는 말끔한 양복 차림을 하고 나를 기다리고 있었다. 아침 7시쯤이었고 한숨도 못 자고 생각을 거듭하다가 굳은 결심으로 나온 것 같았다. 걸으며 이야기를 했고 내 손을 잡았지만, 억지로 손이 잡힌 채 걸어갈 뿐 나는 그에게 마음이 없었다. 헤어질 때쯤 기억나는 그의 말은 "너는 나 안 좋아하자나!"였다. 나는 얼버무리며 집으로 돌아왔다. 이후에 몇 번의 문자가 계속 왔지만, 그에게 문자가 오는 것도 싫어 전화번호를 바꿔버렸다.

당시에는 내가 무슨 짓을 한 건지 몰랐다. 그 사람뿐만 아니라, 중학교, 고등학교 때 친구, 사촌 동생까지, 나는 나를 진심으로 대했던 모든 인간관계를 잃은 것이었다. 그리고 직장에 다닐 때쯤 나는 신용불량자가 되어 있었다. 하루는 우편물이 날아왔는데, 검찰 출석 통지였다. 너무 놀라서 이 일을 어찌해야 할지 몰라 오빠에게 알리고 같이 출석해줄 것을 요구했다. 내 이름으로 핸드폰 깡 대출을 했던 사건이었다. 출석하고 진술서를 작성하는 과정에서 내가 어떤 일에 연루되었는지를 몰랐다. 이 대출인지, 저 대출인지, 또는 대출이 아니라 그 외 다른 사건인지도 모르는 채 진술을 하다 보니 뒤죽박죽이었고, 검사는 진술이 계속 바뀌는 나와 오빠를 보며 황당해했다. 더 해봐야 나올 것이 없다고 판단했는지 우리를 돌려보내며 진술을 마무리했다. 다행히 피해자 진술을 한 덕분에 별다른 처분 없이 넘어갔지만, 나는 범죄자가 된 기분이었다. 그리고 그것은 범죄였다. 아무리 몰랐다고 해도 내 이름을 내어준 이상 내 잘못이었다. 살면서 이런 곳에 올 거라는 생각을 하지 못했었는데, 무턱대고 휩쓸린 대가이고 아무리 믿을 만한 사람이라 해도 선택의 책임은 내가 져야 한다는 것을 깨달았다. 그리고 최선을 다하고 노력하는 것보다 판단이 더 중요하다는 것을 알게 된 사건이었다. 최선을 다해 일했지만, 결국엔 검찰 조사로 끝을 맺게 되었다.

나는 가게를 운영할 때 참으로 미숙한 점이 많았다. 두 사람을 고용했는데, 그중 동생 이후 처음으로 나와 함께 일을 했던 언니는 말없이 조용히 일만 하는 사람이었기 때문에 그나마 가장 믿는 사람이었다. 그 언니 이후에 들어온 사람이 마음에 안 들어 2번 정도 사람을 자른 적이 있는데, 자르는 방식이 참 비겁했다. 전에 다니던 매장 사장님과 잦은 왕래가 있는 것을 직원 언니들도 알고 있던 터라 자르고 싶은 직원을 그곳에서 일하라고 보낸다. 그리고 그 매장으로 보낼 때 내가 이야기하지 않고 말 없는 직원 언니에게 동대문 매장으로 가서 일하라고 대신 말하게 했다. 한 언니는 그곳에 출근하지 않고 조용히 관뒀다. 아무 말 없이 그만둬서 다행이라 생각했다.

하지만 한 사람은 달랐다. 그녀는 욕지거리하며 전화를 했다. 내심 미안했지만, 앞에서 그만두라는 말을 할 용기가 없어 더 안 좋은 상황을 만든 것이었다. 그저 상황이 어영부영 지나가기를 바랐다. 그녀가 더 화가 났던 것은 항상 같이 일했던 동료 언니가 며칠 전부터 자신을 자른다는 것을 알면서도 알리지 않고 모른 척 아무 일 없는 듯이 같이 밥 먹고 이야기하며 일했다는 것이 분했던 모양이다. 그녀는 내게 물었다. "그래, 나를 자르는 건 좋아. 그런데 너는 그 여자를 믿냐? 믿냐고!"라며 알 수 없는 말을 했다. 그다음 이어지는 말은 "너는 그 여자를 믿는지 모르지만, 네가 자리를 비울 때 그 여자가 너에 대해 어떤 욕을 하는지 알기는 하냐?"라며 내 흉을 봤던 내용을 쏟아내었다. 여러 말 중 기억에 남는 말은 지저분해서 같이 밥도 먹기 싫다는 것이었다. 당시에는 내 매장에서 일해주는 것이 참 고마워 편하게 일할 수 있게 해주고 싶어 나름 신경 써주었던 사람이었는데, 그런 이야기를 들으니 더는 같이 일할 수가 없었다. 결국 사정이 있어 매장을 정리한다는 핑계를 대고 퇴사를 시켰다. 나가는 언니를 보았을 때 나의 태도가 예전과 다름을 눈치챘고 자신도 떳떳해하지 못하는 것 같았다. 그렇게 서로의 뒤통수를 치며 마음 상했던 일이었다.

그러던 어느 날, 쌍욕을 했던 그 여자에게서 문자가 왔다. 엄마가 아프다며 50만 원만 꿔달라는 것이었다. 나는 야비하게 자른 것이 미안하기도 했고, 엄마가 아픈데 오죽 돈을 꿀 곳이 없으면 사이도 안 좋은 나에게 문자를 했을까 싶어 꿔주었다. 그쪽은 고맙다는 인사를 했고 나는 돈을 받을 생각 없이 준다는 생각으로 송금을 했다. 그리고 얼마 후 또 돈을 요구해서 50만 원을 송금했다. 그때도 같은 마음이었다. 엄마가 아프다는 이야기에 마음이 흔들렸다. 그렇게 시작된 돈 요구가 300만 원이 되었다. 그럼에도 돈 요구는 계속되었고 돈을 안 주면 문자 테러를 하기 시작했다. 도저히 견딜 수가 없었다. 안쓰럽던 마음은 분노가 되었다. 좋은 마음으로 했던 일이 왜 이런 결과가 나왔는지 이해할 수가 없었다. 어떻게 내게 이럴 수가 있을까 싶었다. 그래서 나도 똑같이 문자 테러를 했다. 예약문자로 '돈 내놓으면 돈을 꿔주겠다. 돈 내놔라'라고 발송했다. 당시에는 문자 횟수 제한이 없었기 때문에 가능한 일이었다. 결국 그녀는 문자 테러를 견디지 못하고 전화번호를 바꿔버렸다.

그렇게 몇 주인지 몇 달인지 지나자 나는 이 일을 결론 짓지 않으면 평생 찜찜한 기분으로 살 수밖에 없을 거라는 생각에서 벗어날 수가 없었다. 그래서 고소하게 되었다. 고소장 진술을 도와주던 수사관이 진술서를 작성하며 나를 보고 물었다. "솔직히 말하세요. 뭐 약점 잡힌 거 있죠?" 나는 무슨 말인지 이해하지 못했다. "없는데요"라고 말하자, "약점 잡힌 것도 없는데 이유 없이 돈을 꿔줘요? 말이 되는 소리를 해야지!" 그래서 나는 말했다. "아니! 엄마가 아프다는데, 어떻게 안 꿔줘요? 엄마가 아프다잖아요! 엄마가!" 나의 말을 들은 수사관은 아무 말 없이 고소장을 접수해주었다.

고소장 접수 후 그녀의 혐의가 인정될 수 있을지 없을지의 여부로 하루하루가 불안했다. 피해자는 나인데 불안 속에서 떨어야 하는 것이 참 불공평하다는 생각이 들었다. '만약 사기 혐의가 인정되지 않으면 재고소를 해야 할지, 증거자료가 더 필요한 거 아닌지, 진술 내용에 혹시 잘못 말한 내용이 있는 것은 아닐지' 걱정이 계속되었다. 지나가는 경찰차만 봐도 심장이 두근거려 하루하루가 살얼음판을 걷는 기분이었다.

얼마 후, 사건이 그녀가 있는 경기도검찰로 넘어갔다는 통보가 왔고 대질신문을 해야 한다며 출석 통보가 왔다. 심장이 뛰었다. 그 여자를 만나야 한다는 게 너무 고통스러웠다. 피할 수 있다면 피하고 싶었다. 하지만 피하지 말자며 마음을 잡았고 검찰에 출석했다. 막상 그녀와 마주하자 마음이 덤덤했다. 서로를 외면한 채 진술만 이어갔다. 나에게서 가져간 돈은 어떻게 썼냐는 수사관의 질문에 "방세도 내고 생활비도 쓰고, 엄마 병원비에도 쓰고." 수사관은 내게 질문했다. "돈을 다른 곳에 썼는데, 이럴 줄 알았으면 빌려줬을까요?" 나는 "아니요. 엄마가 아프다고 해서 준거예요. 다른 곳에 쓸 줄 알았으면 안 줬죠!" 이후 수사관이 그녀에게 "왜 자꾸 돈을 요구한 거예요?"라고 묻자, 그녀는 "돈 달라고 하면 주니까요!"라고 말했다. 어이가 없었다. 수사관은 그녀를 데리고 다른 곳으로 이동하며 나에게는 이만 가보라고 했다.

며칠이 흘러 통지가 날라 왔다. 통지를 받는 순간 또 가슴이 뛰었다. 뭐라 쓰여 있는지 알 수가 없어 몇 번을 봤다. '사기 혐의가 인정되어 사기죄로 벌금형을 선고'한다는 내용이었다. 그 내용을 읽고 힘이 풀려버렸다. 마음이 가벼워졌다. '아, 이제 끝났구나' 돈을 받고 못 받고의 문제보다 무언가를 마무리하고 끝냈다는 사실에 마음이 홀가분했다. 후에 그녀는 끝까지 돈을 갚지 않았다. 도와주려고 했던 의도가 결국 고소로 끝났던 씁쓸한 일이었다.

06

그날
나는 죽었다

내가 매장을 운영할 당시, 밤늦게 퇴근한 나에게 엄마는 오피스텔 분양에 관해 이야기했다. 용산 가는 길 쪽에 새로 짓는 건물인데 부지가 100평 정도이고 몇 층이 올라가는지, 분양 받으려면, 5,000만원이 필요하다는 것과 6개월만 쓰면 되는데 어디서 끌어와야 할지 모르겠다며 전전긍긍하셨다. 당시에 엄마는 땅 투기를 하고 계셨다. 어디를 어떻게 투자하고 어떻게 굴리는지는 전혀 알지 못했다. 그렇게 퇴근할 때마다 그 5,000만 원 이야기는 계속 이어졌다.

고민하는 엄마가 안쓰러워 어떻게 도움을 줄 수 있을지 나도 고민이 되었다. 그리고 내 주위에 가장 부자인 사장님이 생각났다. 나는 조심스럽게 사장님에게 6개월만 돈을 꿔줄 수 있는지 물었고 이자를 지불하겠다며 부탁했다. 사장님은 은행 대출을 받아 돈을 빌려주었다. 그렇게 해서 엄마에게 전달했는데, 엄마는 6개월이 지나도 돈을 주지 않았다. 이자는 내가 내면 된다고 생각하며 지불했지만 엄마에게 돈 이야기를 차마 할 수가 없어 말을 하지 못했고 사장님에게도 그냥 얼버무리며 시간이 지나갔다. 엄마에게서 돌려받기로 한 돈이 안 들어오자 매장을 정리하며 받게 된 매장 보증금 1,200만 원을 사장님께 드렸다.

오빠는 결혼해서 따로 살고 있었다. 자석요 다단계는 그만둔 상태였지만 또 다른 다단계를 했고 돈을 꽤 잘 버는 것처럼 이야기했다. 하지만 나에게 꿔간 돈은 갚을 생각을 안 했다. 물론 받을 마음은 없었다. 그저 행복하게 아내와 잘 살았으면 좋겠다는 마음이었다. 오빠는 내게 자신의 사무실에 놀러 오라며 전화를 하기 시작했다. 하루는 200만 원만 꿔달라고 해서 돈을 또 꿔주었다. 돈을 꿔주고 나면 그다음에는 한동안 전화를 하지 않았다.

오빠는 정이 없는 사람이었다. 자신이 좋아하거나 이득이 되는 일이면 돈과 시간을 아끼지 않았지만, 그렇지 않을 때는 돈도 없고 시간 없다는 핑계로 나의 부탁을 들어준 적이 없었다. 오빠가 내게 전화를 할 때는 항상 어떤 목적이 있었다. 궁금해서 전화 한번 했다는 말은 뻔한 거짓말이었고 내가 써먹힐 만한 일이 생겼음을 알려주는 신호였다. 안부를 가장한 전화일 뿐 목적은 언제나 일관되었다. 오빠는 자신이 꿔간 돈을 언제 갚을지에 대한 이야기는 하지 않고, 사무실에 와보라는 말만 했다. 나는 오빠의 사무실에 들르겠다는 대답을 하고 끊었다. 한 달에 1,000만 원을 번다며 허풍을 떨더니 잘 된다는 것도 그냥 말뿐인 것 같았다. 오빠는 1,000만 원을 번다면 나에게 전화 할 사람이 아니다. 나는 도둑 이사를 한 후 거의 가족에게 전화하지 않게 되었다. 늘 힘든 이야기만 하니 알고 싶지 않았던 것 같다.

　그러다가 어느 날, 아버지께서 목 수술을 받았다는 이야기를 듣고 몸 상태가 괜찮은지 안부 전화를 했다. 전화를 받은 아빠에게 "아빠, 나야!"라고 말하자마자 아빠는 "응! 혜림이냐! 엄마가 돈이 없다고 난리다!"라고 말했다. 그 순간 마음속에 있던 단단한 벽에 균열이 생김을 느꼈다. 돈 내놓으라는 아빠에게 나는 "아빠, 목 수술했다며? 몸은 괜찮아?" 하는 안부를 묻고 전화를 끊었다. 그날 나는 종일 아버지의 인사말이 잊히지 않았고 귓가에 맴돌았다. 그날 가족에게 전화를 건 것은 거의 몇 주만이었다. '내가 어떻게 지내는지는 아무도 관심이 없구나! 오빠뿐만 아니라 아빠도 다 내게 돈 뜯을 생각만 하고 있구나, 나는 호구였구나!' 마음에 폭풍 같은 분노가 휘몰아쳐 나를 뒤흔들어놓았다. 그리고 부모에게 빚 독촉을 결심하게 되었다. 엄마에게 문자를 보내서 1,200만 원은 갚았으니 나머지 돈을 언제 갚을지를 물어보았다. 대답은 '나중에'였다. 사정이 되면 준다! 지금은 돈이 없다! 나는 독촉을 이어갔다. 문자 테러도 했다.

　그렇게 해도 별다른 말이 없자 부모님에게 다음 달까지 돈을 안 갚으면 완전 끝일 줄 알라고 경고장을 날렸다. 부모님에 대한 안쓰러운 마음은 모두 사라졌고 내 생각은 전혀 하지 않는 부모님의 모습에 화가 치밀기 시작했다. 오빠에 대한 분노도 만만치 않게 커졌다. 나를 수단으로만 이용했다는 생각이 들었다. 부모님은 매번 돈을 주고 돌려받은 적 없던 딸이 돈을 달라고 하자 의아해하시는 것 같았다. 그렇게 나는 부모님을 독촉했다. 얼마가 지나 돈이 마련되었다는 문자가 왔다. 문자 알람을 받았을 때 뭔가 이상하다 생각했다. 돈을 줄 사람이 아니기 때문이다. 문자는 200만 원 마련했으니 돈을 찾아가라는 내용이었다. 예상은 했었다. 겨우 몇백 주고 '나는 돈 다 갚았다'라고 말할 거라는 것을. 돈 200만 원 받는 것은 아무 의미가 없었다. 그 돈을 받으면 내 마음이 아플 것 같았다. 돈이 없는 상황에 200만 원도 겨우 마련했을 거라는 생각에 마음이 편치도 않았다. 그리고 내가 받고 싶은 건 돈이 아니었다. 정말로 원했던 것은 사과였다. 돈을 받아낼 수 없다는 것은 알고 있었다. "돈은 됐고 나중에 나한테 빌붙지만 말아줘"라고 문자를 보냈다. 그리고 부모님과 오빠를 차단해버렸다.

당시 내게는 만나는 남자가 있었다. 그런데 문제는 그가 유부남이었다는 것이다. 그를 만난 것은 친구를 통해서였다. 그는 아내와 사이가 안 좋아 이혼을 준비하고 있고 아내도 이혼을 원해서 별거 중이라고 했다. 그냥 아는 사이로 지내다가 어느 순간 걷잡을 수 없이 빠져들었다. 아마도 내 상황이 막막해서 더 그

랬던 것 같다. 마음을 의지할 누군가가 필요했는지도 모르겠다. 그저 이혼할 사람이니 만나도 괜찮다고 생각했다. 이혼을 준비하고 있다는 말을 믿었다. 결혼 초부터 성격이 맞지 않아 이혼을 여러 번 하려고 했지만, 부모님의 반대에 부딪혔고, 이혼하자며 옥신각신하는 사이 어쩌다 아이가 태어나면서 이혼에 실패했다. 마음 붙이고 살려고 했지만, 도저히 살 수가 없어 서로 이혼을 강하게 원하고 있다고 했다. 당시에 아내가 어떤 사람인지 들었을 때는 참으로 힘들겠다고 생각했었다. 그런 삶을 견디고 있는 그가 쓸쓸하고 힘들어 보였다.

　연민이었을까? 그가 궁금해지기 시작했고 보고 싶어졌고 같이 있고 싶어졌다. 나는 그에게 언제 이혼하는지를 물었고 1년 정도만 기다려달라는 약속을 받았었다. 그 약속을 받았을 때 나는 모든 걸 다 가진 것 같았다. 내게도 마음을 기댈 곳이 있고 돌아갈 가정이 생길 거라는 기대를 했다. 그리고 믿었다. 그때만큼은 행복했었다. 기대했던 행복 때문에 더 의지했는지 모르겠다. 다른 사람들처럼 평범하게 살 수 있을 거라는 희망을 품게 되었고 아이도 책임지고 싶었다. 화목한 가정을 꾸리고 싶었다. 결혼을 하면 내 불행을 해결할 수 있을 것 같았다. 1년이 지나도 이혼하지 않는 그 사람에게 나는 이렇게 얼마나 더 숨어지내야 하는지를 물어보았다. 그는 조금만 더 기다려달라는 이야기만 할 뿐 별다른 말이 없었다.

가족과 의절한 후 내 한계는 극에 달했고 남자에게 이혼하는 건지 마는 건지에 대해 재차 묻고 확답을 받으려 했다. 그런 싸움이 반복되자 그는 집을 나갔다. 나는 그를 잡고 싶었다. 하지만 얼마 후 그는 떠나버렸고 나는 남겨졌다. 며칠이 흘러 그를 다시 만나서 정말로 이혼하기는 하는 건지, 나를 사랑하기는 한 건지를 물었다. 내가 들은 말은 "너에게 어떠한 약속도 해줄 수 없다"였다.

나는 집에 홀로 우두커니 앉아 아무것도 할 수가 없었다. 다른 사람들은 가질 수 있는 가정을 나는 왜 가질 수 없는지 원망스러웠다. 가족과 의절해도 나에게는 그가 있어 희망을 품을 수 있었다. 가족은 나를 이용했지만 그래도 세상에 단 한 사람 나를 사랑하는 사람이 있어 행복하다고 느꼈다. 가족에 대한 절망으로 그에게 더 매달렸는지 모른다. 모두에게 이용당한 기분이었다. 엄마는 나에게 5,000만 원짜리 사기를 쳤고 아빠와 오빠는 나를 ATM기로 이용했다. 그리고 그 남자는 내게 결혼을 사기 쳤다. 앞으로 어떻게 살아야 할지, 어떻게 빚을 갚을지 모든 것이 무너지고 내 전부를 빼앗기고 이용당하고 버려진 느낌이었다. 살고 싶지 않았다. 이대로 죽어버리고 싶었다.

그리고 다음 날 나는 퇴근 후 자살할 수 있는 방법 중 가장 쉬운 방법이 무엇일지 찾았다. 약국을 돌아다니며 수면제도 구매했다. 생각했던 것 중 가장 쉬운 방법은 '총'이었다. 하지만 총을 구할 수 없을 것 같았다. 검색해보았지만 해외 사이트로 매번 넘어가서 다른 방법을 생각해보았다. '목을 매달까? 그러기엔 천장이 너무 낮은데. 내 시체가 발견되면 집주인이 재수 없어 하겠지!' 이런저런 잡다한 생각을 하다가 누워서 천장을 바라봤다. 자신이 없었다. 죽는 게 무서웠다. 그러다 잠이 들었다. 아침이 되었다. 눈을 뜨고 싶지 않았다. 이대로 죽어버렸으면 좋겠다는 생각뿐이었다. 하지만 출근을 해야 했다. 출근을 했다.

　살아갈 이유를 찾지 못할 것 같았다. 멍하니 며칠이 흘렀다. 그러다 무슨 생각인지 라디오를 구매했다. 아침에 기상용으로 FM 라디오가 나오도록 알람을 해놓았다. 아침에 라디오 소리에 잠에서 일어났다. 사람의 음성으로 깨어나니 뭔가 삶이 풍부해진 느낌이 들었다. 내가 얼마나 건조하게 살아왔는지 알게 된 순간이었다. 그때 나는 더 이상 과거의 내가 아님을 느꼈다. 자살할 방법을 찾던 그날 나는 죽었다.

07 나를 돌여다보다

내 직장 사장님은 좋은 사람이다. 아는 사람이 어떤 부탁을 하든 웬만한 일은 거의 들어주다시피 해서 사기도 많이 당한다. 당시 회사에 사장님 친구 두 분이 같이 일하고 계셨는데, 한 분은 부장님, 한 분은 실장님으로 불렀다. 회식 자리에서 세 분은 예전에 일했던 20대 아르바이트 여자분에 관해 이야기했다. 그 여자분은 아르바이트하기 전 인터넷으로 의류를 판매했는데 처음 시작할 때는 매출이 좋았지만, 시간이 지날수록 매출이 부진해져 생활비도 가져가기 힘들어지자 판매를 잠시 중단하고 아르바이트를 하게 된 거라고 했다. 그렇게 6개월가량 일하고 그만두었는데, 어느 날 사장님을 찾아와서 500만 원만 꿔달라는 부탁을 했다고 한다. 인터넷 쇼핑몰 운영을 재개하려 하는데 광고비가 없다는 것이다.

사장님은 이를 거절했다고 한다. 돈을 꿔주고 나면 항상 못 받았기 때문에 앞으로는 누구에게도 돈을 꿔주지 않겠다고 결심을 하셨었기 때문이었다. 그렇게 돌려보내면서도 마음이 안 좋아 50만 원을 송금했다고 한다. 그냥 쓰라고 준 것이었다. 그런데 이 돈이 다시 사장님에게 반송되어 돌아왔다. 그냥 주는 돈은 필요 없다는 것이었다. 이를 보고 사장님은 이 정도 자존심이면 500만 원을 꿔줘도 되겠다는 생각이 들어 그녀에게 돈을 꿔주었는데, 이후로 아무 연락이 없어 전화했더니 좀 기다려달라는 말을 했다고 한다. 그리고 시간이 흘렀고 아무런 연락이 없었다. 전화해보았지만 매번 똑같은 이야기를 했다. 또 시간이 흘러 연락을 해보니 전화를 잘 받지 않고 피하길래 전화를 좀 더 기다려보기로 한다.

하지만 연락이 없자 다시 전화했다. 언제 갚을 수 있을지를 물어보았는데, 그때 그녀의 대답은 "갚을 수 없으니 마음대로 하라"였다. 사장님은 너무 황당하고 괘씸해서 고소를 결심하고 문자를 보냈다. 마음대로 하라고 했으니 고소를 준비하겠다고. 그러자 '제발 고소만은 하지 말아달라고, 결혼해서 아이가 있는데 가족과 남편에게 알려지면 안 된다'며 사정했다. 지금도 남편에게 짐을 지운 것들이 있어 미안한데, 더 짐을 지울 수 없다며 자신의 사정 이야기를 했다. 다만 자신이 형편이 되는 대로 몇 만 원씩이라도 보낼 테니 고소만은 하지 말아달라고 해서 고소는 하지 않았다. 하지만 이후로도 돈은 10원 한 장 입금되지 않았다. 빚을 진 곳이 여러 곳인 것 같다고 했다. 사장님은 그녀가 괘씸했다. 나름대로 생각해서 돈을 꿔준 것인데 '알아서 하세요!'라니, 어찌 그런 식의 태도를 보이는지에 대해 배신감을 느꼈다.

그 이야기를 듣자 나는 고개를 들 수가 없었다. 그저 아무 말 없이 사장님이 부장, 실장님께 하는 이야기를 들을 뿐이었다.

나는 그 여자분의 심정을 이해했다. 자신이 감당할 수 없을 정도의 상황에 몰리고 자신이 해결할 수 없는 채권추심이 많아지면 "나더러 어쩌라는 거냐! 배째라!" 이런 말이 나온다. 이런 말이 나오면 얼마나 궁지에 몰린 상황인지 알 수 있다. 나는 그 사람에게서 내 모습을 보았다. 사장님께 돈을 갚지 않는 내 모습과 너무 똑같아서 고개를 들 수 없었다.

하루는 매장 언니들이 같이 일하다가 그만둔 한 여자아이 이야기를 했다. 그녀가 그만두고 1년 정도가 흐른 어느 날, 매장에 찾아왔다는 것이다. 그냥 지나가는 길에 들른 것이라며 얼굴을 비췄는데 얼굴이 몰라보게 예뻐졌다고 한다. 예뻐진 얼굴을 자랑하러 매장에 온 것 같다고 했다. 지금은 백화점 매장에서 근무한다고 하며 인사를 하고 갔다고 했다. 언니들은 그녀의 성실하지 않은 행적을 이야기했다. 우선 언니들이 매장 청소를 하자고 하면, 갑자기 시장에 물건을 사러 가겠다며 가방을 챙겨 들고 사라진다는 것이었다. 힘든 일을 하기 싫어서 그런 식으로 자리를 피했다. 그렇게 자리를 피하고 나가면 뭘 하는지 오랫동안 들어오지 않았다고 한다.

그녀는 외동딸이었지만 가족과 거의 연락하지 않았는데, 어느 날부터인가 오빠의 이야기를 했다고 한다. 말끝마다 "오빠가요", "오빠가 그러는데요", "저의 오빠는요"라며 들어보지 못한 오빠의 이야기를 했기에 언니들은 어떤 남자인지 같이 동거하는 것 같고, 나이 차이도 좀 있는 것 같은데, 정식으로 결혼해서 살 생각을 안 하고 동거하는 것이 이상하다고 이야기했다. 나는 언니들의 이야기를 들으며 내 이야기인 양 창피해지기 시작했다. 그리고 언니들은 내가 유부남을 만나고 있다는 것을 눈치챘고 알고 있지만 말을 하지 않고 있다는 것이 강하게 느껴졌다. 그리고 언니들의 구설에 나도 끼어 있음을 알게 되었다.

나는 감출 수 있을 거라 착각했다. 나는 남들과 다르다고 착각했다. 내가 만나는 사람은 곧 이혼할 사람이니 유부남이 아니라고 합리화했다. 남들에게는 이혼할 때까지만 숨기면 된다고 생각했다. 하지만 유부남은 그냥 유부남이다. 나는 유일하게 사장님께 만나는 남자에 대한 모든 것을 이야기하며 답답한 심정들을 이야기했었다. 사장님은 매번 묵묵히 이야기를 들어주기만 하셨다. 그러다 듣고만 있는 것이 답답하셨는지 걱정스러워하며 조언해주었다. 사장님은 우려스러운 눈으로 나를 바라보며 말했다. "그 사람은 이혼하기 힘들 것 같은데…. 내 생각에 너는 결혼 생각할 때가 아닌 것 같다!" 그 말을 듣고 나는 안절부절못

하며 불안해했다. 그 사람이 이혼을 못 한다니! 마음이 철렁하고 내려앉았다. 그때는 오직 결혼에만 생각이 꽂혀 있어서 눈에 뵈는 것이 없었다. 나는 사장님에게 "그럴 리가 없어요! 그렇게 사이가 안 좋은데! 저한테 조금만 기다려달라고 했어요!"라며 사장님의 말이 틀렸다고 감정이 격해져서 말했다.

하지만 시간이 지나 가족들과의 관계도 엉망진창이 되고 가게도 망해 사장님에게 빚까지 지고 있는 상태에서 사장님이 했던 말이 모두 옳았음을 알게 되었다. 빚이나 갚고 결혼을 생각해야 했고 주변 정리를 해야 했다. 내 처지가 엉망진창인데 누굴 만나 결혼을 하겠는가? 결혼도 엉망진창이 되는 것은 뻔한 일이었다. 사장님이 보기에 자신이 빌려준 돈도 갚지 않으면서 미래도 불확실한 남자에게 목매고 있는 나의 모습이 참으로 한심해 보였을 거라 생각이 든다.

언젠가 나는 만나고 있는 남자에게 '왜 이혼을 못 하는지, 왜 미루고 있는지'를 물었다. 그는 나를 부모님께 소개하는 것이 창피하다고 했다. 나는 그 남자 쪽 집안과 내 처지가 비교되어 집안 사정을 자세히 말하지 않았었다. 엄마가 여러 집을 사놓으셨다고 말하며 우리 집은 가난한 집안이 아닌 양 말했다. 하지만 그가 보기에 집안에 돈을 가져다주었던 내 모습도 그리 좋아 보이지 않았을뿐더러 딸이 가져다주는 돈을 받는 부모님도 넉넉해 보이지 않았을 거라는 생각이 든다. 그 남자는 나와 자신의 집안이 수준 차이가 남을 직감적으로 알고 있었다. 그때는 그 말이 상처가 되었지만, 지금 생각해보면 나라도 상대와의 결혼은 무리라고 생각했을 것이다.

나는 내 상황으로부터 달아나기 위해 결혼에 목을 매고 있었지만 당시에는 그런 내 모습을 몰랐다. 하지만 상대는 내가 인지하지 못했던 내 두려움을 정확히 알고 있었을 것이다. 그저 입 밖으로 말을 하지 않았을 뿐. 한 동료 언니가 내게 이런 말을 했었다. '나는 드라마에 나오는 이야기는 그냥 드라마인 줄만 알았다. 하지만 살아보니 그것이 내 이야기가 될 줄 몰랐다.' 나는 그 언니의 말에 수긍하게 되었다. 〈사랑과 전쟁〉 같은 상황극에 나오는 이야기는 남의 이야기인 줄만 알았다. 드라마 주인공들을 보며 답답해했지만 그 답답한 주인공은 나의 모습이었다.

나는 사장님과 언니들의 대화에 낄 수 없었다. 그들이 말하는 이야기 속 주인공이 내 모습을 적나라하게 드러냈고, 나라는 것이 드러날까 봐 두려웠다.

나는 그 정도의 사람이 아니라고 합리화한다 해도 양심을 속일 수 없었다. 그 양심을 마주한 순간 나는 과거의 나로 살아갈 수 없었다. 그 대화를 들으며 나는 수치심을 느꼈다. 나를 들여다보게 되었고 내가 만든 세계관에 균열이 생기고 있었다.

08 인간은 노력하는 한 방황한다

같이 일하는 언니가 아들을 걱정하며 말했다. "걔는 무슨 젊은 애가 그렇게 고민이 많은지 모르겠어!" 언니의 딸은 밝고 걱정이 없는 아이였고 근심 없이 직장생활을 하는데, 아들은 그렇지 못했다. 나는 그 언니에게 말해주었다. "언니 원래 노력하는 애들이 고민이 많아요!" 그러자 그 언니는 조금은 이해하는 표정으로 나를 바라보았다.

"노력하는 한 인간은 방황한다." 괴테(Johann Wolfgang von Goethe)의 《파우스트》에 나온 대사다. 그 문구를 20살 때 보았을 때는 위안을 얻었다. 문구를 보며 '나는 노력하고 있어서 힘든 거구나! 사람들이 방황하고 힘들고 고민이 많은 것은 노력하고 있기 때문이구나!' 생각하며 위안을 얻었다. 하지만 지금은 이 문구에서 희망을 느끼지 못한다. 방황하고 근심하는 사람은 방황과 근심을 반복하는 모습을 보아왔기 때문이다.

　내가 20대 때는 여러 종류의 성공 서적들이 붐을 이루었었다. 나 역시 성공 서적 중 몇 권 안 되는 책을 읽으며 성공을 꿈꾼 적이 있었고, 노력하면 무엇이든 이룰 수 있다는 문구에 희망을 품으며 살던 적이 있었다. 노력하면 무엇이든 가능하리라 생각했다. 잠을 줄여가며 책을 읽고 학원도 다녔다. 스피치 학원도 다녀보았다. 가난한 집 사정에 암담해하면서도 노력하면 가난을 탈피할 수 있을 것으로 생각했다. 그리고 막연하게 미래에는 잘살 것으로 생각했다. 이러한 생각은 정말 말 그대로 막연한 기대일 뿐이었다.

　이런 생각은 나만 가지고 있는 것이 아니었다. 근래에 친구도 같은 말을 했다. 자신도 학교를 졸업하고 어른이 되면 막연하게 잘살 것으로 생각했지만, 그다지 변한 게 없다는 것이다. 막연한 기대로는 미래가 바뀌지 않는다. 당시에는 너무 어렸고, 방향을 알려주는 주위 어른도 없었다. 그런 어른이 있었어도 아마 귀에 들어오지 않았으리라 생각된다.

　당시 학원을 마치고 지하철을 타려고 기다리고 있을 때 어떤 문구를 보았다. 문구의 내용은 잘 기억나지 않지만, 대략 이러했다. '목적 없이 항해하는 배는 어디에도 정착할 수 없듯이 목적 없는 노력은 불꽃 없는 촛불과도 같다'라는 내용이었다. 순간 내 노력에 목적이 없음을 깨달았다. 잠을 줄이며 읽는 서적, 다니고 있던 학원들은 열심히 살고 있다는 뿌듯함은 채울 수 있었지만, 목적 없는 노력이었다. 그 문구를 보고 바람 빠진 풍선처럼 기운이 빠졌다. 그 문구를 보았으면서도 당시에 어떤 목표를 가져야 할지, 어떻게 목표에 다가가야 하는지 전혀 알지 못했다. 그 문구가 나와 너무도 멀게 느껴졌다.

인천에서 잠시 주유소 아르바이트를 한 적이 있었다. 당시 대부분의 주유소에는 아르바이트생이나 직원들이 숙식을 해결할 수 있는 공간이 있었다. 그곳에도 숙식을 해결하는 사람들이 있었고 개중에는 가출해서 머무는 어린 친구들이 있었는데, 한 집의 가장으로 학교를 중퇴하고 돈을 벌기 위해 주유소에 들어온 애들도 있었다.

한 아이는 월급을 받고 다음 날 집에 갔다 오면 늘 표정이 안 좋았다. 집에 다녀온 다음 날은 과하게 밝은 모습으로 일을 했다. 꼭 어두운 마음을 일부러 정화하려 노력하는 것 같았다. 그리고 하루 이틀이 지나 마음이 풀리면 자신의 이야기를 해주었다. 그 친구의 아버지는 너무 폭력적이어서 어머니와 이혼을 하셨다. 어머니는 이혼하시고 허드렛일로 자신과 동생을 키워 오셨지만, 몸이 안 좋아 일이 끝나면 늘 힘들어하셨다. 힘들어하는 어머니를 지켜보고만 있을 수 없어서 어머니에게 자신이 돈을 벌어올 테니 일을 그만두라고 말했다. 그렇게 고등학교를 중퇴하고 가장이 되었다. 어머니는 집에서 쉬시게 되셨다. 집안 사정은 늘 똑같았고 가족을 만나고 오면 자신이 처한 현실을 더 직시하게 되었다.

어머니를 만나 돈을 주자 자신이 주는 돈을 고마워하며 받는 모습을 본 친구는 기분이 상했다. 어머니가 힘들어하는 모습을 보지 않아서 좋기는 했지만, 자신의 돈만 바라보는 어머니에게 화가 났다. 어머니를 향해 불만을 말하자 어머니는 울기 시작했다. 그런 어머니를 보자 그 친구는 마음이 아팠고 기분이 상한 채로 숙소로 돌아온 것이었다. 숙소로 돌아왔을 때 친구의 마음이 어떠했을지 당시에는 느끼지 못했다. 그렇게 돈을 주면 언젠가 집안 사정이 나아질 수 있을지에 대한 의문과 학교도 졸업하지 못한 자식이 주는 돈을 고마워하는 어머니가 너무 무심하다 느껴졌을 것 같다.

내 생각으로는 자식이 안쓰러웠다면 힘들어도 졸업할 때까지는 뒷바라지해주려고 하시지 않았을까 싶다. 누군가 자신이 감당해야 할 의무를 대신 감당해주는 것에 고마워하면서도 아무것도 하지 않는 가족의 태도에 끝이 보이지 않는 터널 속을 지나는 느낌이었을 것 같다.

그 친구는 자신이 태어날 때의 아버지의 태도와 아버지가 폭력을 행사했던 이야기를 하며 아버지에 대한 원망을 늘어놓을 때가 있었다. 하지만 그 친구의 원망에는 자신이 경험한 아버지와의 일보다 어머니의 원망이 주입된 부분이 많은 것 같았다. 이 원망의 마음은 미래를 살아가는 데 큰 걸림돌이 된다.

 어머니는 자식의 미래는 전혀 염두에 두지 않고 자신이 편한 것만을 추구하는 것 같았다. 친구가 한소리를 하면 그때만 잘 모면해서 달랠 뿐 자신은 아무것도 하려고 하지 않는 것 같다. 친구는 어머니에게 부족하지 않은 착한 자식이었지만. 착한 자녀로 사는 것이 올바른 삶은 아니다. 어머니에게는 어머니의 삶을, 친구는 친구의 삶을 살아야 했다. 어머니는 자신의 책임을 친구에게 지웠고, 친구는 어머니의 의무와 책임을 대신 짊어지면서 서로의 삶을 침해하고 경험해야 할 과정을 경험하지 못하게 하는 것 같았다. 친구는 어두운 자신의 상황을 감추려는 것인지, 아니면 일부러라도 마음을 밝게 밝히려는 것인지 모르겠지만 과하게 밝게 행동했다. 그 상황에서 자신이 할 수 있는 최대한의 노력을 하는 것 같았다. 하지만 어머니를 구하고 싶으면 자기 자신 먼저 구해야 했다.

 가장으로 일해야 했던 친구는 자신의 어깨에 짊어진 책임감, 부모의 기대를 버겁고 무거워했었다. 그렇게 어머니께 돈을 가져다준다고 해도 현실이 바뀔 것으로 보이지 않았다. 1년이면 될까? 2년이면 될까? 5년이면 될까? 10년이면 될까? 집안에 돈을 가져다준다고 해도 그날그날 생계비용을 쓰고 나면 남는 돈이 있을까? 그 남는 돈으로 저축이나 할 수 있을까? 많은 사람이 가족들로 인해 삶을 무너뜨릴 때가 많다. 나 역시 그 친구와 다르지 않았다. 내가 노력하면 가족을 살릴 수 있으리라 생각했지만, 노력으로 안 되는 것이 있다. 나는 지금도 그 친구의 미소가 떠오른다. 어찌 되었든 나는 그 친구에게서 한 가지는 배웠다. 상황이 힘들어도 미소를 잃지 않는 것. 살면서 앞으로 나아가기 위한 중요한 태도였다. 그 미소가 그 친구를 밝은 미래로 이끌어주지 않았을까 생각한다.

거래처 사장 중 판매가 부진해지자 매장을 찾아와 사장님과 이야기를 하던 손님이 계셨다. 거래처 사장님은 자신이 디자인 감각이 떨어져가는 것인지를 고민하며 판매가 어떤지를 물어보았고, 젊은 사람 감성을 따라가기 위해 요즘에는 청바지에 티셔츠를 입고 다닌다는 말을 했다. 사장님은 노력을 한다며 그분을 칭찬하셨다. 하지만 내가 보기에는 노력의 방향이 잘못된 것 같았다. 그분은 돈이 아까워 디자이너를 채용하지 않는 분이었다. 돈을 벌고 싶으면 그에 합당한 투자를 하고 자신의 부족한 능력을 보완해줄 디자이너를 채용하는 것이 더 올바른 방법이 아닐까 생각되었다.

아르바이트에서 알게 된 한 언니는 여자는 시집을 잘 가야 한다며 외모 관리에 돈과 시간을 썼다. 언니는 노력하라는 주위 사람의 충고를 듣고 노력하겠다며 몸매관리를 위해 수영을 배울 거라는 결심을 말했다. 언니는 외모를 꾸미는 노력을 하는 것이었다.

출근하며 자주 지나다니는 길에 의류매장이 있었다. 출근길에 그 의류 판매장을 지나가는데 어느 날부터인가 매장 사장님은 매장을 방문한 적도 없는 내게 인사를 하기 시작하셨다. 나는 얼굴을 처음 본 사장님이 지나가는 나에게 인사를 해서 얼떨결에 같이 인사를 했다. 그리고 매일 마주치며 인사를 하는 통에 덩달아 인사를 했지만, 무척 불편했다. 그 사장님은 지나가는 사람들 모두에게 인사를 했다. 어떤 사람은 인사를 받아주지 않고 지나갔고 어떤 사람은 어색하게 인사를 받아주었다. 매장은 판매가 안 되어 횅해 보였다. 판매가 안 되자 지나가는 사람들에게 인사를 하는 것이었다. 사람들에게 얼굴을 익혀서 매출을 올리고 싶으신 것 같았다.

모두 자신의 방식대로 노력하고 있었다. 하지만 그런 노력은 결실을 이룰 만한 노력으로 보이지 않았고, 대부분이 눈에 보이는 외형만 바꾸는 노력만 하다가 끝이 났다. 대부분은 자신이 지금껏 살아온 습관과 생각대로 새로울 것 없는 노력을 하다 보니 거기서 거기인 행동을 한다. 그리고 지금의 모습을 미래에도 다시 유지한다. 나는 20대 때 지하철에서 보았던 문구를 떠올린다. 목적 없이 항해하는 배와 같이 목적 없는 노력은 어느 곳에도 도달할 수 없다. 나 역시 목적지 없는 항해를 많이 해왔다. 지금까지 살면서 명확하게 무엇을 이루었는지를 생각해보면 딱 두 가지였다. 빚을 갚은 것과 집을 구매한 일이었다. 그 두 가지를 이룰 수 있었던 것은 뚜렷한 목표가 있었기 때문이다.

노력은 중요하지만, 목적 없는 노력은 자신을 배신하고, 잘못된 방향과 올바르지 못한 방법이라면 돈과 시간을 낭비할 뿐이다. 노력하는 한 인간은 방황하지만 방황하지 않는 삶이 되어야 한다.

나를 괴롭히는 것은
나 자신이다

01 집착과 의존에서 벗어나자

한 여자분이 상담사와 대화하는 내용을 엿들은 적이 있다. 그녀는 아이가 있는데 남편이 전 부인과 이혼하지 않고 있다고 했다. 벌써 수십 년을 두 집을 오가는 남편 때문에 속앓이를 하고 있다는 내용이었다. 말을 듣고 있던 상담사는 무슨 일인지 여자를 호통쳤다. 그 남자는 앞으로도 이혼하지 않을 것이라고 했다. 상담사는 그녀를 알고 있는 것 같았다. '나는 당신에게 해줄 말이 없다'고 했다. 그녀는 통곡했지만, 상담사는 냉정했다. 상담사는 처음 만날 때부터 이혼하지 않을 거라는 것을 본인도 알고 있지 않았냐며 처음부터 알고 있었으면서 왜 그러느냐며 호통을 쳤고 남자에게 의존하지 말라는 충고를 했다. 나는 의존한다는 것에 대해 생각하게 되었다.

나는 학창 시절이 그리 즐겁지 못했다. 잦은 전학으로 학교에 적응하지 못했고, 어리바리한 나는 친구들로부터 따돌림을 받았다. 초등학교 시절은 따뜻한 친구를 한 명도 만들 수 없었다. 숙제하는 것도 문제였다. 숙제를 어떻게 해야 하는지 물어볼 사람이 없었다. 패스트 푸드점에서 아르바이트를 하다가 점장에게 호되게 혼난 적이 있었다. 나는 집으로 돌아와 통곡했다. 아르바이트하며 혼나는 것은 다른 곳에서도 마찬가지였다. 어느 순간 나는 사회에 발을 들여놓는 것이 겁이 났다. 사회는 무척이나 삭막하게 느껴졌고 무엇이든 내가 못하는 사람이 될까 봐두려웠다. 그런 두려움이었을까 그냥 시집이나 가고 싶다고 생각했다. 하지만 결혼이 피난처가 될 수는 없다. 남편에게 의존해서 살아가는 사람들을 보면 더 힘든 고통 속에 놓이는 경우를 많이 봤다.

내가 어렸을 적에는 남아선호사상이 강했다. 하지만 많은 부모가 장녀에게 의존한다. 부잣집에 시집을 가서 아들 둘을 낳고 기뻐했던 언니가 있었다. 부유한 집의 며느리들은 아들을 낳아야 자신의 입지를 세울 수 있었다. 언니 역시 그런 입장이었다. 남편이 장손인데, 아들을 둘이나 낳았으니 모든 것이 완벽한 것 같았다. 하지만 시간이 지나자 딸을 가진 부모들을 부러워했다. 나는 사회가 참 이상하다고 생각했다. 생명이 태어난 것에 기뻐하는 것이 아니라 성별에 따라 자신의 입지를 확인하고 그것에 따라 기쁨과 슬픔이 나뉜다. 한국에서 아이를 낳는 것은 노후대책으로 여겨지던 시절이었다. 가정에서 부모의 지나친 보호를 받으며 큰 장남들은 독립적이지 못하고 스스로 삶을 꾸리지 못해 부모에게 의존하는 사람들이 많다. 부모들은 아들이 태어났을 때는 기뻐하지만 모두 장성하고 난 다음에는 장녀에게 의존한다.

나는 이모와 친하지 않지만, 언제부터인가 이모와 잦은 통화를 하게 된 계기가 있었다. 둘째인 사촌 동생이 미국으로 가면서부터였다. 미국으로 떠난 날, 이모는 내게 느닷없이 전화해서 내 안부를 물었다. 나는 뭔가 이상해서 이모가 괜찮은지 물었고, 이모가 외로워서 전화한 것임을 알게 되었다. 그리고 그 주 주말에 이모 집에 방문하기로 했다. 그렇게 주말마다 이모 집을 방문했다.

나는 혼자 있을 이모를 생각했지만, 나의 예상은 틀렸다. 이모는 주위 사람들과 어울리시고 모임에 참석하거나 일요일을 활용해 사람들과 여행을 가셨다. 한 번 만나서 알게 된 젊은 두 여성분을 집으로 초대해 같이 맥주를 마시기도 하셨다. 쉴 없이 누군가를 만나고 이야기하셨다. 하지만 대화 내용을 들어보면 외모가 어떻게 보이는지, 젊어 보이는지, 나이 들어 보이는지 등의 그저 공허한 내용뿐이었다. 의문이 들어 이모에게 일요일마다 여행 갈 거면서 왜 나를 부르는지 물어보았다. 그러자 이모가 했던 말은 다른 데 간다고 말하면 내가 안 올 것 같아서 말하지 않았다는 것이다. 나는 그 말에 허탈함을 느꼈다. 가족과 의절하고 이모와 잘 지내보려 했던 나의 기대는 무너졌다. 그것은 나의 허망한 바람이었다. 가족의 빈자리를 이모와의 관계로 채우려 했었다. 마음의 빈자리는 그냥 두어야 한다는 생각이 들었다.

그 말을 듣고 난 이후에는 이모 집을 방문하지 않았다. 사촌동생이 중학생 때 사촌 동생이 밥을 먹는 모습을 지켜보고 숟가락에 반찬을 올려주시며 사랑 가득한 눈으로 동생을 챙기던 이모의 모습을 기억한다. 동생들이 클 때는 크는 모습을 보며 행복해했지만, 두 아들이 둥지를 떠나자 밀려오는 쓸쓸함과 공허함을 어떻게 해결해야 할지 몰라 사람들을 만나시는 것 같았다. 주위 친구들은 딸이 있어서 딸과 친구처럼 지낸다며 부러워하셨다. 그러면서 딸이 있었으면 더 행복했을 거라는 말을 했지만, 내면의 공허함은 외부에서 해결할 수 없다. 이모는 사람들을 만나는 것으로 해결하려고 했지만, 그런 방법은 외로움을 해결해주지 못한다. 내면이 공허한데 외부에서 답을 찾으려 하니 해결되지 않는 것이다.

몇 년 후 사촌 동생이 돌아와 부모의 일을 물려받았다. 이모는 아들이 돌아와 기뻐했다. 하지만 사촌 동생은 부모님과 가까이 사는 것을 불편해했다. 이모는 느닷없이 동생 집을 방문해서 어디까지 갈 것이니 자신을 태워달라는 잦은 요청을 했다고 한다. 처음 몇 번은 그런 요구를 받아들였지만, 요청이 반복되자 동생은 화를 냈고 이모가 마음 상해했다고 말해주었다.

이모의 공허함이 해결되지 못한 듯했다. 이모는 자식들이 자신의 둥지를 떠나는 것을 아직도 받아들이지 못하시는 것 같았다. 자식에게 집착하고 의존하는 부모들은 참 많다. 많은 부모가 이와 다르지 않을 것이다.

TV에서 20대 젊은 여자를 상담해주는 프로그램을 보게 되었다. 여자는 동거하는 남자의 이야기를 했다. 남자는 반복적으로 돈을 요구하고 여자에게는 애정을 보이지 않지만, 여자는 남자와 결혼하고 싶어 했다. 그리고 남자가 자신을 떠나갈까 봐 걱정하고 있었다. 상담자들은 남자는 그녀와 결혼할 마음이 없다 이야기하며 꿔준 돈을 꼭 돌려받으라고 말하고, 남자와 헤어질 것을 권했다. 여성은 남자가 자신에게 관심이 없다는 말에 실망하고 막막해했다. 그녀를 보는 많은 사람들이 그녀를 응원하는 댓글을 달았다. 그녀의 모습과 같은 사례는 참 많다.

젊고 얼굴도 예쁘고 부족한 것이 없어 보이지만 내면의 공허함을 사람으로 채우려는 이들의 심리는 비슷하다. 제삼자의 눈에는 보이지만 겪고 있는 당사자는 자신을 잘 보지 못한다. 남자에게 의존하는 사람들은 그 사람이 자신을 배려하고 사랑하지 않는다는 것을 알면서도 그가 떠나갈까 봐 불안하고 두렵다. 그리고 그 사람이 아니면 다른 사람을 만날 수 없을 것 같은 절박함이 있다. 생각해보면 젊은 시절의 외로움과 절박함은 나이가 들어서 느끼는 외로움보다 더 고통스럽다. 삶에서 처음 겪는 감정이기 때문이 아닐까 생각한다.

    나는 만났던 남자들에게 늘 헌신적이었다. 그중 한 남자에게 돈을 꿔준 일이 있었다. 나는 월세 25만 원짜리에 살고 있었는데, 전세를 끼고 집을 구매해놓고 세입자가 갑자기 이사하겠다고 해서 돈을 돌려받아야 하는 상황에 처한 적이 있었다. 하지만 남자친구에게 돈이야기에 대한 뉘앙스를 풍길 때마다 화를 낸 적이 있었기에 다시 말하는 것이 두려웠다. 하지만 더는 미룰 수 없어 집을 옮겨야 하니 돈을 돌려줄 것을 말했다. 예상했던 대로 남자는 화를 냈다. 하지만 나는 확고하게 못을 박았다.

    집에 돌아왔을 때, 남자친구에게 전화가 왔다. 그는 분이 안 풀려 내게 화를 냈다. 돈을 달라는 말이 기분 나쁘다는 것이었다. 그러면서 나에게 물었다. "너, 나 사랑하는 거 아니었어?" 나는 대답했다. "너는 내가 평생 월세로 살기를 바래? 나는 너 없이는 살아도 집 없이는 못 살아!" 지금 생각해보면 남자친구는 큰 착각을 하고 있었다. 돈이야기를 한다고 해서 사랑하고 안 사랑하고를 따지는 그는 참 어리고 모자란 사람이었다. 돈은 꿔주는 사람이 그 사람을 사랑해서 꿔준 거라면 돈을 꿔 간 사람은 사랑하지 않아서 꿔간 것이 된다. 그는 스스로 나를 사랑하지 않는다는 말을 한 것이었다.

    나는 나를 사랑하지도 않는 사람에게 매달리고 집착했었다.

생각해보면 그 사람은 나에게 전혀 관심이 없었다. 내가 어디서 살고 있는지도 몰랐고, 알려고 하지도 않았다. 자신은 번듯한 집에 살면서 가건물 같은 25만 원짜리 월세집에 사는 나는 안중에도 없었다. 당시에는 그런 그의 행동 하나하나에 실망하면서도 그의 요구를 모두 들어주었고, 그렇게 마음에 상처만 만들었다. 지나고 생각해보면 나는 당시 그와 헤어져 다른 남자를 못 만날 것 같았고 홀로 서야 하는 진실을 외면하고 싶어 했다는 생각이 든다.

우리는 모두 정서적으로 부족하다. 홀로 서야 함을 받아들여야 집착과 의존에서 벗어나 진짜 내 삶을 살 수 있다.

내가 한 선택에
책임을 지자

다단계를 그만두고 나는 나를 합리화하기 시작했다. 특히 주위 인척들에게 사촌 동생과 있었던 일을 합리화했다. 나는 아무 잘못이 없고 사촌 동생이 잘못한 것처럼 말했다. 듣는 사람들은 아마 한심해했을 거라는 생각이 든다. 빚을 갚아나갈 때 나는 심경의 변화를 느꼈다. 내가 어릴 적 고모 집에 살았을 때와 포천에서 아버지가 양돈을 키웠을 때 사촌 동생들과 함께 놀았던 기억이 생각났다. 그러다 내가 머리채를 잡은 고종사촌이 생각났다. 내 잘못을 회피하고 싶어 고종사촌이 처신을 잘못한 것처럼 말을 하고 다녔지만, 폭력을 쓴 것은 나였고, 싫다는 사람을 쫓아다니며 괴롭힌 것도 나였다. 더군다나 고모를 모욕하는 말을 하며 사촌 동생 마음에 큰 상처를 주었다.

내가 사는 집은 지하는 아니었지만, 지하 같은 1층에 볕이 안 들고 바퀴벌레가 많이 나왔다. 어느 저녁, 잘 보이지도 않은 창가를 올려다보며 사촌 동생이 보고 싶어졌다. 고등학교 친구도 보고 싶어졌다. 한동안 어떻게 만나서 사과해야 할지를 고민했다. 사촌 동생이 결혼해서 딸을 낳았다는 소식을 들었다. 용기를 내서 전화했는데 처음 어색한 인사가 오가고 나서 동생이 있는 곳으로 찾아가기로 약속을 했다. 동생을 만났을 때 동생은 살림이며, 아이, 남편 때문에 그저 정신이 없는 와중에 이런저런 대화를 했다. 내가 미안했다고 사과를 했을 때 동생은 "됐어! 이미 지난 일인데!"라며 더 이상 지난 일을 거론하지 않았다. 사촌 동생이 너무 고마웠다. 그렇게 동생에게 용서를 받았다. 그러고 나서 고등학교 친구에게 전화했다.

우리는 혜화동에서 만났다. 친구의 얼굴을 보았을 때 어색했다. 그 친구를 다단계회사에 소개시켰을 때 나는 참 당당했었다. 하지만 그날 나의 당당함은 사라지고 뭔가 쪼그라든 모습으로 친구를 마주했다. 집안 사정과 그간 있었던 일들을 이야기했는데 헤어질 때까지 어색함은 남아 있었다. 이후에 지속적으로 친구를 만나 이야기하며 어색함은 사라지고 친밀함이 늘어갔으며 서로의 직장 내 문제들과 고민을 털어놓았다. 우리는 일주일에 한 번 만나 수다를 떨었고 조언도 해주며 서로를 위로했다. 그런 시간이 늘어가자 행복함을 느꼈고 삶이 재미있어졌다. 누구나 실수도 잘못도 한다. 하지만 정말 중요한 것은 그 이후에 어떻게 행동하느냐인 것 같다. 실수와 잘못을 한 후 삶을 바꿀지, 아니면 이전과 같이 살아갈지는 각자의 몫이지만 현재의 삶이 만족스럽지 못하다면 바꿔야 한다는 신호라 생각한다. 나는 다행히 마음의 앙금들을 씻어낼 수 있었다. 내 잘못을 용서해준 사촌 동생과 친구에게 고마움을 느꼈고, 함께 있음에 마음이 충만했다.

사장님은 나를 신임했다. 사장님이 나에게 돈을 빌려주었을 때는 나를 믿었기 때문에 돈을 꿔준 것이었다. 그 믿음에 대한 책임은 전혀 생각해보지 못한 채 나는 엄마를 위한다는 마음만 앞섰다. 하지만 엄마를 위한다면 그런 일은 하지 말았어야 했다. 돈으로 인해 악감정만 쌓이고 서로를 증오하는 결과만 불러오게 되었다. 시간이 흐르자 내가 정말 엄마를 위해서 돈을 준 것일지 의심이 갔다. 엄마를 위함이라 생각했지만 내 욕심도 컸음을 인정해야 했다.

엄마는 돈을 가져가면서 땅 투기를 해서 큰 부자가 될 수 있다고 말했다. 엄마가 5,000만 원을 갚지 않을 거라는 사실을 알 때쯤 그때 들었던 '부자가 될 수 있다'라는 말을 끝까지 믿어볼까도 생각해봤다. 그렇게 모른 척 살아가면 편하지 않을까. 하지만 언제까지 나를 속일 수는 없었다. 잘 먹고 잘살 수 있을 거라는 말에 나도 부잣집 딸이 될 수 있을 거로 생각했다. 부잣집 딸이 되어 잘난 사람인 양 살아보고 싶었다. 허영심만 많아져서 앞뒤 구분을 못 했다. 내가 행동했고 엄마에게 동조했고 옳지 않음을 나는 무의식적으로 알고 있었을 것이다. 옳지 못한 방식으로 재산을 늘리려 했던 행동에 동조했다면 나는 동조자이자 공범이다. 나는 될 수만 있다면 도망가고 싶었다. 빚으로부터, 직장으로부터, 그냥 모든 것으로부터 도망가고 싶었다. 아무리 생각해도 그 많은 돈을 어느 세월에 갚을지 막막했다. 갚을 수 없을 것 같았다. 갚는다고 해도 내 인생 전체를 걸어서 갚아야 할 것 같았다.

나도 해보고 싶은 것이 있고, 결혼도 하고 싶었다. 하지만 빚을 갚으면 내 삶이 사라질 것이라는 두려움이 밀려왔다. 모른 척 돈을 갚지 않고 지나가면 시간이 흘러 잊히지 않을까 생각했다. 그리고 그 돈에 대해 엄마의 책임이라 생각하며 원망했고, 이런 상황에 내몰린 현실을 부정하고 싶었다. 그러다가 거래처 중 결제를 하지 않고 물건을 가져가려는 사람들을 보며 양심의 가책이 생기기 시작했다.

어느 날, 업무가 끝나고 사장님과 부장님, 실장님과 함께 저녁을 먹을 때, 사장님은 직원으로 일했던 사람에게 돈을 꿔준 이야기를 하셨다. 부장님이 입사하기 전 2년 정도 일하다가 퇴사를 했는데 퇴사하기 전 사장에게 돈을 꿔달라고 했었다는 것이다. 아는 사람이 확실한 투자를 알려주었다고, 몇 년만 쓰고 돌려드리면 안 되냐며 2,000만 원만 꿔줄 수 있는지를 물었고, 사장님은 돈을 꿔주었다. 이야기를 들으며 순간 나 역시 사람들 입에 오르내리면 어쩌나 하는 걱정이 밀려왔다. 사장님에게 돈을 꿔간 사람과 나는 다르다고 생각했지만, 결코 다르지 않았다. 그저 돈 꿔간 여러 명 중 한 사람일 뿐이라는 것을 알게 되었다.

사장님께 이자도 안 드리며 지내는 시간이 길어질수록 마음이 불편해졌다. 동료들 사이에서 사장님한테 돈을 꿔가고 갚지를 않는다는 이야기가 흘러들어갈까 봐 불안해졌고, 그런 불안 속에서 직장생활을 하는 나를 보게 되었을 때 참으로 한심스럽다는 생각이 들었다. 이런 불안한 감정은 다단계 회사에 다닐 때 거짓말로 사람들 끌어들이려 했던 불안함과 거의 비슷해 보였다. 그 불안이 극에 달했을 때 '언제까지 이렇게 살아야 할까?' 나 자신에게 물어보게 되었다. 이렇게 불안하게 사느니 차라리 죄값을 치르는 것이 편하겠다는 생각이 들었다. 마음 편하게 살 수 있다면 뭐든 하고 싶다는 욕망이 올라왔다. 마음의 짐을 내려놓고 싶었다. 내가 치러야 할 대가가 무겁다 한들 마음이 무거운 것보다는 덜 고통스러울 것 같았다. 인생을 걸더라도 꼭 해야 할 일이라는 생각이 들었다. 내가 저지른 일이니 내가 해결하는 것이 당연했다. 그렇게 생각을 거듭한 후 빚을 갚기로 결심했다.

이런 마음을 굳히자 마음이 한결 가벼워졌다. 당시에 5,000만 원 중 가게를 정리하며 남은 돈으로 1,200만 원은 갚았지만, 나머지 금액과 이자를 못 드리고 있는 상황이었다. 나는 사장님에게 이자도 못 드려서 미안하다고 앞으로 이자와 원금을 월급 받은 것에서 같이 상환하겠다고 말했다. 그리고 최대한 소비를 줄이기 시작했다. 회사에서 매일 야근했고 토요일과 일요일, 공휴일, 명절에도 출근했다. 밥은 항상 회사에서 먹었다. 그렇게 모든 일과가 회사에 맞춰졌다. 핸드폰 요금도 회사에 청구할 수 있었다. 옷도 거의 사지 않고 동료 언니에게 얻어 입었다. 회사에서 버리는 물건이 있으면 내가 쓸 수 있는 물건인지를 확인해서 가지고 왔다. 이전에는 돈에 대한 개념이 없어 필요하면 사고, 그러다 버리고 물건을 함부로 쓰곤 했는데 사소한 소비를 줄여가며 물건 역시 소중히 쓰게 되었고, 돈에 대한 개념이 완전히 바뀌게 되었다.

　이런 태도의 변화는 삶을 완전히 바꾸어놓았다. 전에는 소중하고 고마운 것이 없고 당연하다 생각했던 것들이 소중함으로, 감사함으로 변했다. 시야가 바뀌자 마음이 풍성해졌다. 그리고 허영심도 사라졌다. '바퀴벌레가 나오는 집에서 살더라도 이렇게라도 살게 해주셔서 감사합니다!', '빚을 갚으며 제가 저지른 잘못에 대한 죄의 무게를 조금이라도 덜 수 있게 해주셔서 감사합니다!' 늘 감사의 마음이 늘어갔다. 직장동료들은 주말이나 공휴일에 어디를 놀러갔는지 무엇을 먹었는지 이야기했다. 하지만 동료들이 부럽지 않았다. 예전이었다면 시기하고 질투하고 부러워했을 텐데, 그저 그런가보다 지켜볼 뿐 내가 할 일만을 묵묵히 했다.

　당시에 내가 한 일이 어떤 일인지 몰랐지만, 시간이 흐른 후 내

안에서 무엇인가가 달라진 것을 느꼈다. 마음이 정화된 것이다. 이 정화의 과정은 참 중요한 것이었다. 왜냐하면 정화되지 않은 마음 상태로는 다음을 기약하기가 힘들기 때문이다. 다음의 삶으로 넘어간들 정화되지 않은 마음은 늘 자신을 짓누르며 평생을 따라다닌다. 빚을 갚으며 부모를 원망했을 수도 있지만 원망을 했다면 몸이 망가지지 않았을까 생각이 든다. 매일 직장에서 일하는데 그 일이 즐겁지 않고 부모 때문에 이 모양으로 빚만 갚는다고 생각했다면 하루하루가 지옥이고 고통이고 자신 스스로를 구렁텅이로 몰아넣는 것이 되었을 것이다.

빚을 갚을 수 있어 감사하고 매일매일 행복으로 충만하게 채워지니 몸과 마음이 건강할 수 있었다. 하지만 그럼에도 빚은 잘 줄어들지 않았다. 그래도 끝이 안 보일 것 같은 이런 상황에서도 그저 감사했다. 그리고 그렇게 살아야 함을 받아들였다. 잘못했으니 당연하다 여겼다. 그렇게 3년 정도가 흘러 빚을 모두 청산했을 때 사라지지 않을 것 같은 빚이 사라진 것이 말할 수 없이 기쁘고 신기했다. 그렇게 내가 한 선택을 반성하고 책임졌다. 낮은 자세를 배우게 되었고 감사함을 느꼈다.

03　솔직해지니
　　　　삶이 변한다

　사장님이 매장을 인수하고 나서 본격적으로 장사를 시작할 때, 기존의 아연 장식에서 손이 많이 가는 리본 장식이나 바느질 장식, 유리 장식으로 종류를 다양하게 판매하게 되자 작업장에서 물건을 만들 사람이 필요했다. 사장님은 거래처 사장님 중 한 분에게 일할 사람이 없는지를 물어보았고, 자신이 다니는 교회에 일자리를 구하는 분이 있다며 O언니를 소개시켜주었다. 그리고 매장에서 손님을 상대할 사람이 필요해 직원 공고를 냈다. 그렇게 M언니가 매장에서 함께 일하게 되었다.

　일감이 밀려들어 작업장에서 처리가 안 되는 일은 부업을 돌렸다. 부업 일을 돌릴 때 비교적 단가를 높게 주었기 때문에 부업을 하려는 사람들이 많았다. M언니는 자신이 아는 사람에게 부업을 돌리겠다며 일부 물건을 자신의 동네 분에게 준 적이 있었다. 주로 퀵 서비스로 물건을 전달하고, 물건을 만드는 방법은 언니가 직접 가서 알려주었다. 하루는 일이 급해져서 아침에 출근할 때 부업 물건을 회수해올 것을 부탁받았는데, 물건을 들고 출근하며 불만을 쏟은 적이 있었다. "사장님이 나한테 이 무거운 짐을 들고 출근하라고 시킨 거 있지!" 내가 보기에는 그리 무거운 물건이 아니었는데 언니는 힘들어했다. 하루는 사장님이 무언가 언니의 실수를 지적하고 매장을 나가셨다. 언니는 아무 말이 없다가 갑자기 휴지를 빼 들고는 눈가를 닦는 것이었다. 그러면서 "내가 결혼할 때는 생계 때문에 직장에 나와서 이런 말을 듣고 일을 하게 될 줄 몰랐어!"라며 신세를 한탄했다. 매장일이 바빠지며 매장에서 근무할 사람이 더 필요하게 되자 언니는 자기 지인인 K언니를 소개시켜주었다.

　두 언니는 손발이 맞는 듯했다. 아침에 출근해서 수다를 떨며 일을 했다. 늘 즐거워 보였다. 작업장도 일이 늘어나면서 아르바이트하시는 분들이 많아졌는데 모두 여자분들이었다. 인원이 늘어나면서 크고 작은 분란들이 늘었다. 기 싸움도 많고 자존심 싸움도 많아졌다. 하루는 O언니와 M언니가 서로 언성을 높이며 싸웠다. 물건을 완성하려면 자재가 준비되어야 하고 바느질 작업, 유리알 조립, 본드 작업 등 여러 과정이 있어 시간이 걸리는데, M언니가 작업상의 문제를 이해하지 못하고 물건만 밀어놓고 몇 시까지 만들어내라니 짜증이 났던 것이었다. 당시 매장 퇴근 시간은 6시였는데 매장 언니들은 물건을 작업장에 밀어놓고 퇴근해버렸다. 물건이 완성되지 않으면 O언니와 아르바이트 하시는 분들은 늘 야근을 해야 했다.

　신상 물건을 만들어야 할 때는 디자인 공모를 했다. 동료 언니들 모두에게 신상 디자인을 만들도록 했다. 그중 가장 많이 팔린 디자인을 만든 직원에게 성과급을 지급했다. 매장 언니들이 자신들이 만든 디자인만 손님들에게 권하며 성과급을 쓸어가자 O언니와 아르바이트하는 언니들은 매장 언니들을 더 싫어했다. 내가 매장을 차리며 나갈 때 M언니는 나를 부러워하며 질투했다. 하지만 나는 매장 운영이 자신 없었고, 회사의 그늘을 벗어나는 것이 두려웠다. 당시 언니들을 대하는 나의 태도는 건방졌었다. 나 자신에 대한 자랑과 집안 자랑도 늘어놓았다. 언니들은 그것이 꼴불견이었을 것이다. 내 매장을 운영하면서 몇 명의 직원을 접하며 언니들에 대한 미안함과 그리움이 밀려왔다.

　부장님과 실장님이 입사하게 되자 M언니와 K언니는 자신들이 밀려나는 느낌을 받으셨는지 두 분을 경계했다. 추운 겨울날, 부장님과 M언니가 나란히 앉아 일하고 있었다. 부장님은 일하시다가 M언니가 자리를 비우자 발밑이 갑자기 추워짐을 느꼈다. 이상해서 발아래를 보니 M언니가 발난로를 자신의 발로 꺼버리고 나간 것을 알게 되었다. 부장님은 그날의 일을 이야기하며 언니의 행동을 얄미워했다. 내가 폐업한 후 사장님 매장에 다시 들어간 지 세 달 정도 되었을 때 M언니와 K언니가 퇴사했다.

그런데 그 언니들이 종합시장에서 장사를 하고 있다는 사실을 알게 되었다. 거래처 분들이 사장님의 매장을 방문하며 여기서 일하던 언니들이 종합시장에서 똑같은 물건을 팔고 있다고 말했다. 그 이야기를 듣자 사장님은 크게 화를 냈다. 사장님이 제작해서 중국 공장에 작업을 넣어 만든 물건을 왜 그 언니들이 팔고 있는 것인지를 의심하며 분노했다. 매장을 하면 한다고 말이라도 하고 그만두었으면 좋았겠지만 아무런 말 없이 그만두었고, 퇴직금을 정산해주며 마지막으로 M언니를 보았을 때 "그동안 많이 배웠습니다!"라며 인사한 후 그만두었다. 사장님은 두 언니를 괘씸해했다.

내가 종합시장으로 이동하고 가끔 상가 내에서 마주쳤을 때 우리는 서로를 경계하고 미워했다. 서로의 디자인을 모방하기도 했다. 몇 년 후, 두 언니는 떨어져 각자의 가게를 운영했다. 왜 따로 운영하는지는 알 수 없었지만 서로 사이가 안 좋아 보였다. 내가 관리했던 매장은 K언니가 운영하던 매장과 아주 가까이 있었다. K언니는 목소리가 무척 컸는데 옆 가게 직원과 M언니를 욕하는 말들을 듣게 되었다. 나는 '무슨 일이 있구나!' 짐작만 할 뿐이었다.

몇 년 후 사장님은 부산 매장, 성수동, 남대문, 동대문 매장까지 차례대로 폐업해 동대문 사무실과 종합상가 내의 매장만 남게 되었다. 세월이 지나자 언니들에 대한 사장님의 분노는 사그

라들었다. 사장님은 M언니 매장을 방문했다. 해가 갈수록 매출이 줄어들자 시장 상황이 어떤지 이야기를 듣고 싶어 했다. 인사를 한 후 나와 같이 셋이 식사하자며 화해를 청했다.

  언니와 식사하기로 한 날 나는 매장을 정리하고 언니가 있는 곳으로 갔다. 언니는 종합상가에 비치된 의자에 앉아 있었다. 내가 다가가자 고개를 돌리고 시선을 피했다. 나는 언니에게 반갑게 인사했다. 망설이던 언니는 나의 인사에 의외라는 듯 고개를 돌려 나의 눈을 보고 인사의 말을 했다. 우리는 눈이 마주친 순간 친숙함을 느꼈다. 그 짧은 순간 둘 사이에 있던 벽이 사라졌다. 우리는 옛일들을 주고받으며 사장님이 있는 곳으로 이동했다. 그날 사장님과 셋이서 시장 돌아가는 이야기와 서로 간에 지난 세월 동안 있었던 이야기들을 하며 헤어졌다. 이전에는 상가를 지날 때 언니의 매장을 피해 돌아갔지만 이제 그럴 필요가 없어졌다. 지나는 길에 언니의 매장을 지나가며 가벼운 인사를 했다.

  하루는 언니의 매장에 들렀을 때 수량이 많은 주문 건이 들어왔다며 바쁘게 물건을 만들고 있는 언니를 봤다. 주문이라는 것이 납품 날짜에 맞춰야 해서 새벽까지 일해야 할 때가 많다. 거래처들은 항상 급하다고 하며 시간 여유를 주지 않는다. 언니 역시 마찬가지였다. 언니는 "납품 날짜 맞추려고 새벽 3시까지 일해야 할 때는 정말이지 살고 싶지 않아!"라고 이야기했다. 그때 언니도 많은 일을 겪었고 변했음을 느꼈다. 예전에 사장님이 부업 하는 곳에서 물건을 찾아와 달라고 했을 때 무거운 짐을 들고 오게 했다며 투덜거리던 언니가 아니었다. 어떻게든 납품 물건을 맞춰야 하는 장사하는 사람의 모습이 되어 있었다.

언니와 함께 일할 당시 나는 언니의 동생에게 부업 물건을 전달하고 걷어오면서 화를 낸 적이 있었다. 물건이 엉망으로 나와 상품성이 없어 자재를 모두 버리거나 재고로 떠안아야 했기 때문이다. 나는 당시의 일을 언니에게 사과했다. 그러자 언니가 했던 말은 뜻밖이었다. "너가 왜 화를 냈는지 당시에는 이해를 못 했는데 내가 일을 시켜보니까 알겠더라. 물건을 시켰는데 샘플하고 다르게 만든 거 보니 보자마자 화가 나는 거 있지! 그 후에 뭐 때문에 크게 싸우고 동생하고 한동안 연락을 안 했었어." 나는 뭐라 할 말이 없었다. 그리고 K언니의 이야기를 했는데 언니와 사이가 나빠졌다고 말했다. 매장을 분리하고 갈라서면서 K언니 부모님을 만나 무언가를 부탁했는데, 이후에 서로 감정이 안 좋아졌다고 했다.

자세한 이야기는 듣지 못했지만 돈 문제가 끼어 있다는 짐작만 하게 되었다. 언니에게 예전 일에 대해 몇 가지를 사과했는데 오히려 자신이 그 위치에 있다 보니 알 것 같다고 말해주었다. 언니는 질투가 많았고 힘든 일을 싫어했었다. 그런데 내 앞에서 말하고 있는 언니는 그때의 사람이 아니었다. 그날 언니와 나는 서로의 치부를 숨기지 않고 드러내며 솔직한 이야기를 했다. 그때 마음을 나누는 것이 어떤 것인지 느꼈다. 서로의 잘못에 대해 숨기지 않고 드러내니 마음이 편해졌고, 서로에게 용서를 빌며 마음 안에 묶여 있던 무언가가 풀어지는 느낌을 받았다. 그리고 무엇인지 모를 자유를 느꼈다. 어쩌면 과거에 묶여 있던 응어리진 감정이 아니었을까 생각해본다. 응어리진 줄도 모르고 살다가 봉인이 풀어지며 알게 된 것 같았다. 나는 그 감정에서, 그 과거에서 자유로워졌음을 느꼈다.

함께 있어도
외롭다

당시 동대문 새벽시장에서 신발 장사를 하는 남자 손님이 있었다. 물건을 구매하며 신상으로 쓸 만한 디자인을 묻곤 했다. 한 번은 그분과 같이 일하는 여자분이 신상을 고르러 왔다. 여자는 위아래 세트 꽃무늬 옷차림에 화장을 안 한 얼굴이었다. 잠옷 같은 옷차림이다 보니 잠자다 온 사람 같았다. 새벽 시장에서 일하니 그런가 보다 생각했지만 말이 안 통할 것 같은 사람일 것 같았다. 그 손님을 경계했지만 나와 동갑인 것을 알고 어느새 말을 트게 되었다. 그녀는 학교를 졸업하고 연극을 했었다고 한다. 연극에 마음이 있어 유럽으로 유학을 하러 갔는데 별 성과를 내지 못하고 한국으로 왔다. 다시 연극을 하려고 했지만, 현실이 녹록지 않아 생계를 위해 일을 하게 되었다고 한다.

친구가 된 그녀가 신상 물건을 늘리려 한다고 해서 샘플 장식을 몇 가지 추천해주었고, 브로치나 핀을 만들어줄 수 있는지 물어봐서 작업이 가능한 것만 만들어준다는 이야기를 한 후 매장을 떠났다. 얼마 후 사장님은 종합시장 매장을 폐업하기로 결정하셨다. 하루는 그 친구가 주문한 물건을 찾아가며 자신의 매장에도 놀러 오라는 말을 하기에 그러겠다고 했다. 새벽시장은 집에서 도보로 15~20분 거리였다. 친구가 일하는 새벽시장 매장에 방문해 커피를 얻어 마시고 이야기를 하는데, 매장에 있는 장식 재고를 보여주었다. 신발 제작을 하면서 남겨진 장식 재고들이었다. 그 장식을 활용할 수 있는지를 물어보기에 활용 가능한 디자인 몇 가지를 빼내 이런 거는 브로치나 핀을 만들 수 있겠다고 말해주자, 친구는 그렇게 만들어달라고 했다. 순간 망설였지만 만들어주겠다고 대답하고 내가 일하는 매장 상황을 말했다. 곧 폐업할 거라고, 샘플만 만들어줄 테니 작업은 다른 매장에 의뢰해보라고 말해주었다. 친구는 나의 말을 새겨듣는 것 같지 않았다. 내키지 않았지만 장식을 들고 집으로 돌아왔다.

샘플을 만드는 일은 시간이 많이 걸리고 자잿값도 들어간다. 돈도 안 되고 시간 낭비할 때도 많다. 하지만 얼마 안 남은 시간만이라도 친구에게 신경을 써주자 생각했다. 매장 일은 매장 일대로 많았다. 이번 한 번만 해주면 되겠거니 생각하며 만든 샘플을 챙겨 친구가 근무하는 새벽 상가에 가서 전달해주었는데, 이번에는 더 많은 재고 장식을 보여주며 샘플을 만들어달라는 것이었다. 나는 순간 피곤함을 느꼈다. 샘플을 만드는 일은 메인 작업과 달라서 구상하고 자제를 이것저것 맞춰보고 작업 방법을 찾아야 해서 시간이 무척 걸린다. 물건을 만들어보지 못한 사람은 이해할 수 없는 고충이다. 그래서 샘플은 메인 작업이 연결될 만한 거래처가 아니면 만들어주지도 않고, 만들어준다고 해도 가격을 높게 받는다. 나는 매장을 곧 폐업할 것이라 거래처 주문이 밀려 있고, 매장 정리 후에 다른 일자리를 구해야 해서 시간을 많이 쓸 수 없음을 이야기하자 그 친구는 "괜찮아, 안 급하니까 천천히 해줘! 할 수 있는 것만 해주면 돼. 발목 잡지 않을게"라고 말했다. 그 말에 믿음이 가지는 않았다. 발목을 잡으려 할 것 같았지만 거절할 수가 없어 장식을 챙겨왔다.

사장님은 계약만료일보다 일찍 매장을 철수했다. 그리고 기존 거래처들이 다른 장식가게로 옮겨가는 동안 물건이 끊기지 않도록 한두 달은 물건을 만들어주기로 했다. 일부 물건을 내가 사는 집으로 가지고 와서 집에서 일하게 되었다. 집에서 일하며 느낀 거지만 일은 일터에서 해야 한다는 생각이 들었다. 집에서 일하는 것은 능률도 안 오르고 시간이 배로 걸렸다. 친구가 내게 밀어준 장식을 만들 때는 자제들을 구매해와야 해서 시간이 훨씬 더 걸렸다. 물건을 만들면서 짜증이 났다. 나는 참 미련했다. 앞에서 거절하면 좋았을 것을 마무리는 잘하자 생각한 것이 불필요한 일들만 만들었다. 물건을 만들고 친구에게 주려고 매장에 방문했다.

친구는 자신의 장사 이야기만을 늘어놓았다. 그리고 내가 만든 샘플이 반응이 좋다는 칭찬도 했다. 하지만 나는 혼자서 신나게 말하는 친구의 말을 끊고 연극 하는 사람들이 생활고에 시달린다는 내용의 뉴스 기사를 보았다는 말을 해주었다. 연극을 할 때 어땠는지, 연극을 아직도 하고 싶은지 물었다. 그 친구의 어린 시절도 궁금했다. 고향이 어디인지 물어보니 서울이었다. 비교적 넉넉한 집에서 자라 초등학교를 서울에서 보냈다고 한다. 하지만 당시에 여성 성폭행 사건들이 연이어 발생했고 동네 분위기가 흉흉해서 집에 오는 길이 무척이나 무서웠다고 했다. 나는 "너는 왜 자기 이야기를 하지 않아?"라고 묻자 예전에 사람들에게 상처를 받은 일이 있다고 했다. 친척들끼리 돈 때문에 안 좋았던 일도 있었고 속내를 터놓았던 사람이 자신을 질투해 상처받은 적도 있었다고 했다. 나는 친구의 이야기를 더 듣고 싶었지만 물어볼 수가 없었다.

친구는 내 개인사에 대해 어떠한 것도 질문한 적이 없었다. 무엇을 좋아하는지, 가족은 어떻게 되는지 전혀 묻지 않았다. 그때는 몰랐지만, 친구는 나에게 관심이 없었다. 그저 자신의 매장에 팔 물건을 만들어줄 수 있는지 없는지만 궁금할 뿐 친구에게 나라는 존재는 중요하지 않았다. 거래처 주문 물건을 맞추느라 정신이 없을 때 친구에게 핀을 만들어달라는 주문이 들어왔다. 마음이 피곤했다. 그렇다고 거절도 못 했다. 친구의 물건을 정리해야 거래처 일을 마무리 지을 수 있을 것 같다는 생각이 들었다. 친구가 주문한 물건을 3~4일에 걸쳐 만들고 나서 친구가 준 재고 장식들과 리본 테이프 자재들을 모아 택배 상자에 정리하고 친구가 주문한 리본까지 포장했다. 그리고 "오늘 보내는 물건이 마지막이고 자재를 모두 보낸다"라는 문자를 보냈다. 친구는 알겠다며 고맙다는 답장을 했다. 다음 날 친구는 내가 만들어주었던 브로치 사진을 보내며 주문이 들어왔는데 만들어줄 수 있는지를 물어보는 문자를 보냈다. 자재를 모두 너에게 보내서 물건을 만들 수 없다고, 종합상가의 다른 매장에 의뢰해보라고 답장을 주었다. 발목을 붙잡지 않을 거라더니 자기 편한 대로 말을 바꿨다.

그 주 토요일에 친구에게 전화가 왔다. 밥을 먹자는 것이었다. 그것도 그날 1시간 후에 자신이 동대문에 갈 일이 있으니 가는 겸 밥을 먹자고 했다. 사전에 약속도 없었고 통보도 없이 볼일 보러 오는 겸 밥을 먹자는 말이 무례하게 느껴졌다. 내게도 시간은 소중하다. 나에게 시간이 있는지 묻지도 않고 자기 시간에 맞춰 밥을 먹자는 태도였다. 지난 시간 동안 내가 밥을 먹자 청했을 때 "그러자"라는 대답만 할 뿐 날짜를 안 잡던 애가 당장 밥을 먹자는 태도가 뻔한 계산으로 보였다. 물건을 만들어달라는 말을 할 것 같았고, 기분도 상해서 거절했다.

그리고 그다음 주 토요일에 전화가 왔지만 받지 않았다. 그리고 또 일주일 뒤에 문자가 왔다. 시간이 괜찮으면 다음 날 점심을 먹자는 것이었다. 나는 거절했다. 그리고 열흘 정도가 지나 전화가 왔다. 연속으로 전화를 안 받는 것이 마음에 걸려 이번에는 받았다. 친구는 나에게 여러 칭찬을 늘어놓았다. '샘플 만들어준 것들이 반응이 너무 좋다', '너는 능력이 아깝다', '계속이 일을 하지 그러냐'라는 말을 했다. 나는 "물건 반응이 좋았다니 다행이다"라고 대답했다. 그리고 인천으로 이사를 가려고 한다고 말했다. 요양보호사를 할 생각이라고 했지만, 친구는 궁금해하지 않았다. 종합시장상가에 의뢰해서 만든 물건의 브로치가 가져오자마자 떨어졌다는 이야기를 했다. 나도 그런 그 애의 말에 관심이 없었다. 그냥 전화를 빨리 끊고 싶었다. "그래. 그런 데가 있구나!"라고 호응해주고 끊으려고 하자, 제작 일에 마음이 있으면 전화를 해달라며 다시 한번 생각해보라는 말을 재차 했다. 알았다 대답하고 잘 지내라고 인사한 후 전화를 끊었다.

거절한다고 해서 마음 상해할 사람이 전혀 아니었는데, 괜한 시간 낭비를 했음을 알았다. 그 친구에게 정을 기대했던 것 같다. 내 욕심이었나 보다. 바라는 마음이 있다 보니 실망을 하게 되었다. 동갑이어서 반가웠는데 동갑이어서 더 부려 먹으려 하는 것 같았다.

큰집 언니들은 인맥을 중요하게 여겼다. 인간관계가 좁아지지 않으려면 여러 부류의 사람들을 만나야 한다고 충고했다. 나는 그 말에 반감을 느꼈다. 내 경험상 인맥을 중시하는 사람일수록

내면의 사유를 위한 삼자 떠나보내기

의존적이고 타인에게 요구하는 것들이 많았다. 인맥을 중시하는 사람 중 도움을 주려는 사람은 못 봤다. 인맥을 늘리기 위해 만나는 모임들은 그 사람이 어떤 일을 하고, 얼마나 가지고 있느냐에 따라 알아둘 사람인지 아닌지를 가르고 도움받을 만한 사람이 되면 엉뚱한 요구를 한다. 그래서 인맥을 중요하게 생각하는 사람이면 가까이하지 않는다. 그 친구는 인맥 관리는 아니지만 나를 관리하려고 하는 것 같았다.

내가 한복 일을 했던 20대에 같이 일했던 언니들은 주로 시골 출신이었다. 순수하고 사람에 대한 계산이 없었다. 시대가 변해서일까? 사람들을 만날수록 외롭다는 느낌을 지울 수가 없다. 그 시절에 만났던 언니들이 그리웠다.

05 내 인생에 아무것도
남지 않은 것 같을 때

월세살이할 때 집주인 할머니가 집에 찾아와 선을 볼 생각이 없냐며 내 학벌을 물어본 적이 있다. 내가 대학을 나오지 못했다고 말하자 할머니는 "그 나이 먹도록 대학도 안 나오고 뭐 했어!"라는 말을 했다. 모멸감을 느꼈지만, 딱히 할 말이 없었다.

부모님이 하숙집을 할 때는 하숙생들 대부분이 대학생이었다. 고등학교 시절, 사람들이 내게 어느 학교에 다니는지 물어봐서 상고를 다닌다고 대답하면 사람들은 하나같이 표정이 안 좋았다. 부모님도 내가 상고에 다니는 것을 창피해하는 눈치였다.

같은 반 친구들 중 졸업을 하고 대학을 들어간 몇몇 친구들이 있었지만 나는 대학에 갈 의지도 없었고 형편도 안되었다. 나는 모든 것에 자신감이 없었다. 졸업 후 미술학원에 다니고 싶어 홍대 주위를 기웃거린 적이 있다. 학원을 발견하고 구경이나 해보려고 학원 입구를 서성였을 때 말끔한 대학생들을 보고 주눅이 들었다. 학원 수강할 돈도 없는 내가 초라해 보여 주위만 맴돌다 돌아온 적이 있었다. 그래도 그림을 배워보고 싶어 일주일에 한 번 구민회관에서 운영하는 수업에 등록했지만, 전문적으로 가르치는 수업이 아니다 보니 마구잡이 그림만 그리다가 그만두게 되었다. 어떻게 살아야 할지 어떻게 노력해야 할지 어느 방향으로 가야 하는지 몰랐고, 항상 돈 없어 힘들어하는 부모님을 보며 어떠한 목표도 가질 수가 없었다.

학벌에 대한 자격지심, 그리고 유년 시절에 버려질까 봐, 부모에게 짐이 될까 봐 가졌던 두려움은 나의 시야를 왜곡시켰다. 나라는 존재를 쓸모의 가치로 나누고 인식했다. 누구에게도 인정받지 못한다는 생각에 잘나고 쓸모 있는 사람이 되면 사람들이 나를 인정해주고 좋아해줄 거라 생각했다. 지식인이 되고 싶다는 생각에 직장을 다니며 몇 년간 영어학원을 다니기도, 방통대에 들어가기도 했다. 하지만 그런 노력은 어떤 결실도 내지 못했다. 재미있어서 공부했던 게 아니다 보니 어느 순간이 되자 내 풀에 지쳐 그만두었다.

회사에서 따돌림을 당할 때 동료들과 어떻게든 친해지고 싶어 여러 가지 노력을 했다. 먹을 것을 사다 주기도 하고, 부장님께 다가가 기분이 나쁜 부분이 있으면 마음을 풀라고 사과를 하며 원만하게 지내고 싶은 마음을 전하기도 했었다. 애쓰는 나를 보며 디자이너 여자애가 "언니가 아무리 노력해도 그 사람들은 언니를 거들떠보지 않을걸요!"라고 충고했다. 그 말은 적중했다. 동료들에 대한 노력이 거부당하자 처음에는 화가 났지만 좀 더 시간이 지나자 무관심해졌다. 그냥 처음부터 동료들은 나한테 관심이 없었다. 그리고 모든 사람은 남의 일에 관심이 없는 듯했다. 그저 자신의 삶을 사는 데 바쁜 것 같았다. 어느 일요일 아침 동네 공원을 산책했다. 나무 사이로 바람이 불어와 내 얼굴을 스치고 지나갈 때 문득 그런 생각이 들었다.

'구르는 모래, 돌 같은 존재가 되어도 좋으니, 쓸모없는 존재로 살아도 좋으니, 그저 평범하게만 살고 싶다.' 나는 지쳐 있었다. 내가 만든 왜곡된 시야에 스스로 지쳐 있었다. 쓸모 있는 인간이 되기 위해 노력하고 분투했지만, 쓸모 있다는 말 자체에 회의를 느꼈다. 동료들과 사이가 안 좋았어도 회사 동료들의 의자가 하나, 둘씩 비워지는 것을 보며 마음이 쓸쓸했다. 늦은 저녁 적막한 방에 도착했을 때 내 인생에 아무것도 남겨진 것이 없다는 생각이 들었다.

그러던 어느 날 사장님 아들이 새끼고양이 네 마리를 길에서 주웠는데 키울 생각이 있는지를 물어왔다. 고양이를 키우고 싶다는 생각은 있었지만, 형편이 안되어 나중에 키워보자 생각만 했었는데 막상 고양이를 키울 기회가 오자 책임을 질 수 있을지 걱정이 되었다. 사장님이 보내준 고양이 사진을 보며 문득 쓸모없는 인간으로 살아도 좋으니 생명을 보살피고 싶다는 생각이 들었다. 그러면서도 고민을 했었는데 사장님이 새끼고양이들 우유를 먹이는데 너무 힘들다며 재차 물어와 결국 두 마리를 받기로 했다. 두 마리 중 암컷은 내가 키우고, 다른 한 마리 수컷은 주위에 입양 보낼 수 있을지 알아보기로 했다. 친구에게 전화해서 고양이를 키울 사람이 있는지 물어보았는데, 마침 친구의 동료 언니가 키우겠다고 나섰다. 그리고 현재는 야근이 많아 고양이를 돌볼 수 없으니 입양 날짜는 차후에 말해주기로 했다.

친구에게 고양이 사진을 몇 장 보내주었다. 언니는 사진을 전달받고 며칠 후 이름을 지어주었다. 이쁘였다. 내가 입양한 고양이 이름은 나리로 지었다. 이쁘와 나리는 3~4시간 단위로 배고프다며 울어댔다. 새벽 3시에는 어김없이 밥을 달라고 울었다. 자다가 깨서 물을 데워 분유를 타서 한 놈에게 먼저 먹이면 배고픈 다른 녀석이 울며 온 힘을 다해 먼저 먹으려 들었다. 잠을 설쳐가며 분유를 먹이는 일이 쉽지는 않았다. 처음 데려올 때는 예뻤지만 잠 못 자며 분유를 먹이게 되자 예쁜 모습은 안 보이고 그냥 우유를 먹이고 배변 유도하며 돌보는 것이 바쁘고 피곤했다. 그러면서도 직장에서 일하는 내내 눈에 밟혔다. 내가 사는 집과 종합상가는 가까웠다. 사장님이 점심시간에 집에 가서 아기 고양이들에게 우유를 먹이고 오게 배려를 해주셨다.

그렇게 시간이 흘러 눈을 뜨고 이유식을 먹이게 될 때쯤 친구에게 전화가 왔다. 입양하기로 한 언니에게서 이제 아이를 받고 싶다며 이번 주 토요일 이쁘를 보내달라는 것이었다. 순간 마음이 아팠다. 나는 애써 밝은 척 친구에게 그러겠다고 했다. 전화를 끊고 이쁘를 보았을 때 이쁘의 표정을 잊을 수가 없다. 무척 당황하고 두려워했다. 이쁘는 자신이 입양 간다는 사실을 인지한 것 같았다. 그날 밤 이쁘에게 남아 있는 고양이 우유를 평소보다 많이 먹이고 잠을 재웠다. 그런데 아침에 이쁘의 상태가 이상했다. 이쁘에게 우유를 잘못 먹인 탓일까? 이쁘가 죽기라도 할까 봐 두려웠다. 동물병원에 데리고 갔는데 입원을 시켜 상태를 지켜봐야 한다고 했다.

　이쁘를 입원시키고 출근을 했다. 그날 오후 병원에 전화해보니 당 수치가 높아 수치가 낮아질 때까지 지켜봐야 한다는 말을 해주었다. 일하는 내내 안정이 안 되었다. 입양자 언니는 벌써 마음이 들떠 자신에게 아들이 생겼다고 주위 사람들에게 사진을 보여주며 자랑한다고 했다. 그 언니에게 고양이가 잘못되었다는 말을 해야 할 상황이 생길까 봐 노심초사했다. 사장님이 종합시장에 와서 물건을 건네주며 이쁘가 잘못되면 다른 아이를 보내라고 했다. 그 말을 듣고 분통이 터졌다. "지금 그 언니가 어떻게 하고 있는지 알아요? 주위 사람들한테 고양이 사진 보여주면서 자기 아들 생겼다고 그렇게 자랑을 하고 다니는데 그런 사람한테 어떻게 고양이가 잘못돼서 다른 새끼를 보내겠다고 이야기를 해요!" 그리고 나는 "다시는 고양이를 임시로 맡지 않을 거예요!"라고 말했다.

그때 작은 생명에게 느끼는 마음은 어떤 감정보다 애달팠다. 그리고 그다음 날 병원에서 전화가 왔다. 다행히 당 수치가 정상으로 돌아왔고, 내일 퇴원해도 된다는 답변을 들었다. 이쁘가 살았다는 말에 안도했지만 퇴원하는 다음 날이 입양 보내기로 약속한 날이어서 서글펐다. 하루만이라도 같이 보내고 싶었는데 그럴 수 없었다.

다음 날 병원에 도착했을 때 온 힘을 다해 울어대는 새끼고양이 소리가 들렸다. 이쁘가 우는 것 같았다. 의사는 이쁘가 아주 건강한 상태이고 당 수치를 낮춰야 해서 밥을 먹이지 못했다고 했다. 이쁘를 받아 안았을 때 배가 몹시 고픈 것 같았다. 밥을 먹이고 가고 싶었지만, 입양자 언니가 기다리고 있어 서둘러야 했다. 병원비를 계산하고 이쁘를 안고 지하철과 버스를 갈아타며 장소로 이동했는데, 가는 내내 울음을 멈추지 않았다. 모든 승객의 시선은 고양이와 나를 향했다. 어찌할 줄 몰라 고양이를 살피며 이동했다. 빨리 보내서 밥을 먹여야 한다는 생각에 마음이 급했다. 약속장소에 도착해 언니에게 아이를 건네기 전 아주 잠깐 이쁘 얼굴을 보았을 때 이쁘는 나를 바라보면서 눈을 깜박였다. 작별의 인사를 한 것이었다.

순간 나의 눈에 이슬이 맺혔다. 가슴이 먹먹했다. 울먹임을 자제하며 '잘 가'라고 떼어지지 않는 입을 열었고, 다음 말을 잊지 못했다. 그런데 이동하는 내내 울어대던 녀석이 나와 눈인사를 마치자 울음을 그쳤다. 오는 내내 울었던 것은 자신을 보내지 말라는 울부짖음이었다. 그리고 이별을 받아들인 것이었다. 마음이 아려왔다. 나는 고양이를 사랑하고 있었다. 입양자 언니는 나를 보며 "벌써 정이 든 거예요?"라고 물었지만, 대답할 수 없을 정도의 상태가 되어 눈물만 글썽였다. 이런 사랑의 감정을 얼마나 잊고 살았던 것인지 나 스스로 놀랐다.

그렇게 이삐를 보내고 친구와 밥을 먹고 집으로 돌아왔다. 집 문을 열었을 때 나를 기다리고 있는 나리를 보았다. 온기를 느꼈다. 떠나간 녀석의 빈자리가 느껴졌지만, 내가 입양한 고양이의 사랑이 느껴졌다. 나에게 아무것도 남지 않은 것 같았던 이유는 사랑이 없었기 때문이었다. 누군가가 나를 좋아해주기를 바라며 하는 노력은 무의미했다. 내가 나를 사랑하지 못했고, 내가 무엇을 원하는지를 보려고 하지 않았다. 그저 타인이 나를 바라봐주기를 바랐다. 존재하지도 않는 쓸모라는 단어를 내면에 새기고 나를 그 단어에 끼워 맞추려 했다. 그렇게 살다 보니 행복할 수 없었다. 이후에 이삐가 가족들에게 없어서는 안 될 존재가 되어 사랑받으며 지낸다는 이야기를 들었을 때 기쁘고 행복하고 뿌듯했다. 잘 적응해준 이삐가 고마웠고, 나를 변화시켜준 것에 또 고마웠다.

06

못난 나와 정면으로 마주하는 용기

종합시장에서 일을 하고 동대문 본사에 들어가면 나는 그곳에서도 바빴다. 사장님이 저녁을 사 오라고 하시면 식당에서 식사를 포장해 가져다드리고 종합시장에서 팔 물건을 챙기며 분주하게 움직였다. 하루는 친구와 약속이 있었는데, 사장님 저녁을 사다 드리느라 늦게 도착한 나에게 친구는 말했다. "사장 심부름을 꼭 그렇게까지 해야 해? 사장이 알아서 할 수도 있잖아! 사장은 손이 없어, 발이 없어! 왜 네가 다 사다가 바쳐야 하는데!" 나는 "원래 하던 일이고, 안 하면 한 소리 듣지!"라고 말했다.

친구는 직장 내에서 지시하는 일들을 아무 불만 없이 하는 나를 보며 시간을 담보 잡혀 살고 있다고 말했다. 나는 나를 이해하지 못하는 친구를 보며 내가 잘못된 것인지 의아했다. 어느 날 사장님은 자신이 맡고 있는 매장을 나에게 넘겨줄 테니 네가 운영해보라는 말씀을 하셨다. 하지만 나는 매장을 운영하고 싶은 생각이 없었다. 혼자 매장을 운영하는 일이 얼마나 고되고 힘들고 앞이 안 보이는지 너무 잘 알고 있었다.

당시에 매출은 줄어들고 있었다. 근처에 다른 장식 매장들도 모두 마찬가지였다. 동대문 신발 도매상가 일대에 여러 장식 매장들이 있었는데 호황기 때 사장님들은 모두 돈을 벌었다. 하지만 매출이 줄어들면서 오랫동안 일해왔던 직원에게 매장을 맡기고 떠나는 일들이 많았다. 매장을 직원에게 넘길 때 퇴직금 대신 매장을 넘기고 매출의 일정 부분을 사장님과 넘겨받은 직원이 나누는 조건이었다. 매출의 반을 다달이 사장님께 송금하고 직원은 그 매장의 사장이 되어 운영했다. 매장을 받고 처음으로 사장이 된 매장 직원은 기뻤을지 모르지만, 매출이 줄어든 상태에서 사장님께 보내는 돈은 큰 부담이었다. 그 일대의 장식 매장들 대부분이 그런 매장들이었다. 근처 매장 사람들과 친하게 지내는 사람은 없었지만 몇 번 말을 주고받았던 남자분이 있었다. 그분 같은 경우도 오랫동안 직원으로 일하다가 매장을 받았는데, 한번은 어떤 상가를 나오다가 마주친 적이 있었다. 인사를 하려고 했지만, 표정이 안 좋았고 피하고 싶어 하는 것 같아 인사하지 않고 그냥 스쳐 갔다.

나는 그날 일을 사장님께 말했다. 그러면서 "장사가 안돼서 그럴까요? 표정이 안 좋아 보이더라고요!"라고 말하자 사장님은

내면의 자유를 위한 심저 떠나보내기

"없는 매출에 자잿값 지불하고 상가 임대료 지불하고 나면 남는 돈이 없어서 그 사람, 가져가는 돈도 없을 거야. 그 사람 아내도 남편이 월급을 받을 때는 생활이 되었지만 가져다주는 돈이 없을뿐더러 카드를 돌려가며 매장을 운영하고 있으니 힘들 거야!"라는 이야기를 했다.

이후에도 몇 번 마주쳤지만, 매번 피하는 눈치였고 뭔가 주눅이 들어 있었다. 처지가 힘들어서인지 그렇게 보였다. 나는 그 일대 장식 매장을 넘겨받은 직원들이 이해가 안 갔다. 매출 상황을 뻔히 알고 있는데 매장을 벗어나지 못하고 자리만 지키고 있는 것처럼 보였고, 다른 길을 찾지 못해 방황하고 있는 것처럼 보였다.

더군다나 매장을 넘겨준 사장들의 꼼수도 너무 잘 보였다. 자신들은 앉아서 직원이 판매하는 판매 대금 50%를 챙길 수 있었고 퇴직금을 안 줘도 되었다. 또한, 디자인이 지난 재고들은 판매할 수 없어 매장 가득 쌓여 있고 외상값은 받아내기 힘든데, 골치 아픈 매장을 정리할 수 있어서 사장에게는 좋은 일이었다. 사장들이 매장을 넘기는 것은 다 이유가 있었다. 장사가 잘되었다면 직원들에게 넘기지 않았을 것이다.

그런 주위 상황을 너무 잘 알고 있는데, 내게 매장을 맡으라고 하니 사장님의 제의가 귓등으로도 들리지 않았다. 물론 사장님은 나에게 짐을 지워주려 하는 것이 아니었음을 잘 알고 있다.

그저 건강이 좋지 않아 누군가에게 맡기고 은퇴하고 싶으신 것이었다. 나는 매장이 힘드시면 정리하는 것이 어떻겠냐고 물었지만, 지금껏 해왔던 일을 접을 수 없다는 말을 할 뿐이었다. 나는 매장을 운영할 생각이 없다고 말했다.

하지만 사장님은 나의 거절에 화를 냈고 "매장을 맡기 싫으면 때려치워!"라고 말했다. 사장님의 말을 듣는 순간 나도 화가 났다. 나는 "알았어요! 다 때려치우죠! 매번 싫다고 말하지 않았어요? 왜 매번 똑같은 말을 반복하게 만드세요! 싫어요! 싫어! 매장 운영하기 싫다고요! 사장님께 예전에도 말씀드렸지만, 저 제매장 말아먹고 나서 다시는 매장 운영하기 싫다고, 똑같은 경험을 두 번 다시 하고 싶지 않다고 말씀드렸을 텐데요! 매장을 혼자 운영하는 게 얼마나 힘든데, 사장님도 하기 싫은 일을 왜 저한테 강요하시는데요!" 그러자 사장님은 흠칫 놀라셨다. 나는 분이 안 풀려서 그날 사장님께 크게 화를 냈다. 그날 이후로 나는 더 이상 말 잘 듣는 직원이 아니었다.

나는 사람들이 나에게 해오는 부탁들을 거절하지 못했다. 어떤 것들은 상대가 바라지 않았지만 상대에게 필요할 것 같아서 해준 일들도 많았다. 상대는 처음에는 나에게 고마워하지만, 시간이 갈수록 요구사항이 많아졌다. 그런 요구가 부담스러워질 때쯤 나의 심정을 드러내면 상대는 불쾌감을 드러낸다. 나는 상대의 화를 감내하는 것이 두려웠다. 상대가 내 탓을 하니 나도 내가 잘못한 줄 알았다. 시간이 갈수록 내 안에는 뭔지 모를 화가 쌓였다. 내가 만난 모든 관계가 이런 식이었다. 가족도, 친구도, 남자도, 동료들에게도 의무적, 종속적, 헌신적이었다. 그런 식으로 상대는 받고 나는 주는 사람이 된다. 문제는 받은 사람들이 나를 주는 사람으로 인식하는 데 있었다. 그렇게 인식된 관계는 이미 끝을 말해주었던 것 같다. 내 안에는 화가 쌓였고 내가 무엇 때문에 힘들어하는지 나 자신도 몰랐다. 그러다 폭발해서 한 번씩 크게 화를 냈다. 화를 내면서도 내가 왜 화를 내는지 몰랐다.

나는 죽으면 편하겠다는 생각을 자주 했다. 당시에는 그런 생각을 하면서도 내가 힘들어서 그런 것인지 몰랐었다. 사장님과 싸운 그날 이후 많은 생각을 했다. 나는 내 주위 사람들과 왜 늘 똑같은 방식의 관계가 형성되는지를 생각했다. 분노했고 내 주위 사람들을 저주하고 원망했다. 나는 그날 내 고통과 마주했다. 그리고 고통스러운 상황을 만들어낸 것은 나 자신임을 알았다. 내가 얼마나 어리석게 살아왔는지를 깨닫게 되었다. 힘들고 불편하면 안 하면 되는 것을, 싫다는 말을 할 용기가 없어 나 자신을 학대해 왔다는 것을 알았다. 영화 〈부당거래〉에 "호의가 계속되면 권리인줄 안다"라는 대사가 있다. 내 이야기를 하는 것 같았다.

내 지난날들에 화가 났다. 당시 나는 만나고 있던 남자가 있었다. 나는 남자친구를 만나면서도 모든 것을 그에게 맞춰왔다. 남자친구에게도 화가 치밀기 시작했다. 남자친구를 만나기로 한 날 남자친구는 평소와 같은 행동을 했다. 내가 싫다고 거절하자 짜증을 냈다. 나는 더 이상 과거의 내가 아니었다. 나는 상대에게 크게 화를 냈고 상대의 비난을 맞받아쳤다. 남자친구는 무척 당황했다. 당황하는 남자친구를 보자 나는 뭔지 모를 통쾌함을 느꼈다. 그날 우리는 서로 어색해서 빨리 헤어졌다. 남자친구와 헤어지고 집으로 돌아오며 나는 해방감을 느꼈다. 속박에서 해방된 기분이 들었다. 세상이 달라 보였다. 그날 이후 남자친구는 나에게 강요하는 일이 없었고, 얼마 후 관계를 정리하게 되었다.

어느 날 큰집 막내 언니가 전화를 했다. 언니는 시어머니와 있었던 일을 이야기해주었다. 언니는 명절 때나 어버이날이나 시부모님 생신 때 거르지 않고 시부모님을 찾아뵈며 자기 딴에는 정성을 쏟았다. 아들을 둘 낳으며 인정받는 며느리라 여겼고, 그 집 식구라 생각했다고 한다. 언니에게는 시누들이 있었는데, 시누들은 먹을 것과 선물을 사 들고 시어머니를 자주 방문하며 챙겼다고 한다. 시어머니와 시누들이 이야기할 때 언니는 맞장구를 쳐주며 대화를 했다. 그런데 이야기를 하던 중 시어머니가 "너는 우리 집 식구가 아니지 않니!"라는 말을 했다.

그 말을 듣는 순간 언니는 자신이 이 집 식구라고 생각해왔던 지난날들에 회의를 느꼈다. 시어머니는 자신을 같은 집 식구라 여기지 않았는데, 혼자만의 착각이었음을 알게 되었다. 시어머니께 해왔던 호의가 너무 당연시되었음을 알았고 시어머니를 챙겨줘봐야 좋은 말을 들을 수 없음을 깨달았다. 그리고 어차피 시어머니 말대로 남인데 챙길 이유도 없었다. 돌아오는 명절날 언니는 시어머니께 가지 않겠다고 말했고 앞으로는 남편만 보내겠다고 말했다고 한다. 시어머니는 무척 서운해했다고 한다. 언니는 그렇게 시어머니께 말하고 나자 세상이 달라 보였고, 해방된 기분이었다고 했다. 언니의 말을 들으며 나는 크게 공감했다.

나만 겪는 일이 아니라는 사실을 알았고 고통의 형태가 비슷하다는 생각이 들었다. 유튜브에서 금품 관련 사건에 관한 영상을 시청한 적이 있었다. 금품을 받은 피의자가 이런 말을 했다. "주니까 받았다!" 그 말이 머릿속에 오래 남았다. 내가 겪었던 사람들은 내가 호의를 베푸니까 그냥 받았던 것이라는 생각이 들었다. 나를 가둔 것은 사람들이 아니다. 우리는 타인과의 관계에서 실망하고 힘들어하지만, 결국에는 자신 내면의 모습과 마주하는 것이라는 생각이 들었다.

07 외로움은 사람으로 해결되지 않는다

나는 고등학교 친구를 일주일에 한 번꼴로 자주 만났다. 내가 유일하게 만나는 친구이고, 그 친구를 만나는 것이 내 유일한 낙이었다. 주식 열풍이 불 때 우리는 서로 종목을 추천해주며 정보를 공유했다. 나는 생활비를 최대한 아껴가며 1,000원 한 장을 허투루 쓰지 않아 친구보다는 주식을 많이 보유하고 있었다. 친구는 가끔 옷을 사고 사람들을 만나지만 나는 사람을 안 만났고 옷을 사지 않았다. 나는 폐쇄적이었지만 친구는 많은 사람들과 잘 어울렸다. 나는 사람들과 잘 어울리지 못했기에 그런 친구가 부러웠다.

하루는 친구가 내가 보유한 주식이 몇 주인지, 얼마나 샀는지를 물었다. 나는 당황했고 정확한 금액을 말하지 않은 채 얼버무리며 지나갔다. 은연중 대화에서 친구보다는 내가 월급을 좀 더 많이 받고 더 저축한 것을 서로 알게 되었는데, 후에 친구의 태도가 호의적이지 않음을 느꼈다. 친구에게 머리모양이 바뀌었다며 머리를 잘랐는지, 다듬었는지를 물어보았을 때 친구는 이해할 수 없을 정도로 짜증을 냈다. "저번 주에도 만났는데 또 물어보냐!"라며 화를 내자 말을 이어갈 수가 없었다.

한번은 친구가 부모님에 대해 내게 질문했을 때 모르겠다고 말하자 "너는 좀 심각하다!"라며 나를 비난했고, 친구의 경멸하는 듯한 표정을 보고 마음이 얼어붙었다. 가끔 반찬들을 챙겨 들고 집에 놀러 왔지만 그런 배려도 부담스러워졌다. 전화가 오면 다음 주에 만나자며 만남을 피했고, 당분간 혼자 있고 싶다는 문자를 보냈다. 그 문자를 보낸 지 일주일이 지나 연락이 왔다. 나는 내년에 만나자는 문자를 보냈다. 친구는 무슨 내년이냐며 허튼소리로 치부했다. 친구가 무서웠다. 그래서 또 연락이 올까 봐 문자를 차단해버렸다. 친구를 차단하자 마음이 편했다. 종합시장에 들른 사장님께 친구의 카톡을 차단했다고 이야기하자 사장님은 "너 혼자 외로우면 어쩌려고 그러냐? 그래도 만날 사람은 있어야지!"라고 하셨다. 그래서 "이렇게 잘 살고 있잖아요! 사장님은 외로움이 가장 무서우신 모양이네요?"라고 말했고, 사장님은 대답하지 않으셨다.

어느 날은 사장님께 "사장님! 사람이 가장 마음이 무거울 때가 언제인지 아세요?"라고 묻자 사장님은 "몰라!"라고 했고, 나는 "지갑이 가벼울 때예요"라고 말했다. 그러면서 유튜브에서 시청했던 영상 중 인간관계 때문에 힘들어하는 사람들의 이야기를 했다. "혼자 사는 게 가장 좋은 것 같아요!"라고 말하자 사장님은 외로우면 어떻게 하냐고 말했다. 나는 "사장님, 저는 외로운 거보다 돈 없는 게 더 무서운데요! 사장님은 외로운 게 무서우신가 보네요"라고 했다.

　나는 외로움은 근본적으로 모든 인간이 가지고 있는 것이라고 생각한다. 많은 사람이 외로움이 나쁘다고 생각하고 그 감정을 피하려는 것 같다. 외로움이 밀려오면 상대가 어떤 사람이든 상관없이 외로운 자리에 사람을 채워 넣으려 하는 이들을 여럿 보아왔다. 하지만 그렇게 해서 사람을 만나도 오히려 더 외로워 보였다. 사장님 역시 외로움에 대한 두려움이 있어 보였다.

　사장님은 학창 시절 부러움의 대상이었던 친구분에 대해 이야기를 하셨다. 그분은 외모도 잘생겼고 공부를 잘하셨다. 집안 사정이 좋지 않아 직업군인으로 생계를 유지하시다가 좋은 성적으로 진급했지만, 자신과 직업이 맞지 않아 그만두셨고, 전역 후 대기업에 입사하셨다. 대기업에서도 실적이 우수하셨지만, 직장 상사의 갖은 구박을 버틸 수 없어 대기업을 퇴사하셨다. 그 후 자산운용사에서 일하시게 되셨다. 그 일은 그분에게 어느 정도 안정감을 준 듯하다. 자신을 괴롭히는 환경도, 사람도 없었고, 자신이 일한 만큼 벌 수 있어 만족하신다고 하셨다. 회사의

간부급 사원이셨던 아내분은 남편보다 수입이 많아 가끔 말싸움이 있을 때는 돈벌이가 좋았던 대기업 퇴사한 일을 들먹이며 그 좋은 능력을 왜 안 써먹는지 모르겠다며 타박하신다고 했다. 그렇게 싸우시면 사장님께 전화해서 만나자고 하셨다.

사장님은 친구분을 만나 이야기를 주고받는 것이 낙이고, 즐거움이신 것 같았다. 그분을 만나시며 자산운용을 맡기셨고 시간이 지나자 큰 금액의 보험도 들었다. 그리고 또 시간이 지나자 채권도 사셨다. 사장님의 능력치보다 무리해서 실적을 올려주셨다. 당시에 매장 매출은 지지부진했고 몇 년을 더 버틸 수 있을지 알 수 없었다. 일감은 계속 줄어들고 적자였다. 하지만 사장님은 친구분을 도와주고 싶어 하셨다. 그렇게 보험과 자산운용을 맡기며 더 자주 만나셨다. 그런데 언제부터인가 친구분에 대해 기분 나빴던 이야기를 하기 시작하셨다.

사장님은 그분의 친구분들을 만나 술자리를 가지신 적이 있다. 만나자는 말에 약속 장소에 가셨는데, 그곳에는 여러 사람들이 있었다. 사장님은 친구분이 자신을 생각해서 여러 사람을 알아두라는 의도에서 사람들이 모인 곳에 자신을 부른 거라 생각하셨다. 그것이 몇 번 반복되었다. 나는 사장님께 물어봤다. "그 자리에 사장님을 왜 나오라고 하신 거 같은데요?" 사장님은 모르겠다고 했다. 나는 "영업하시는 거 아니었을까요? 아니면 시간도 줄이고 술값도 줄이기 위해서 한 번에 여러 명을 만나는 거 아닐까요?"라고 했다. 후에 사장님은 친구분이 그런 모임에 자신을 부른 것이 영업적인 의도가 있는 것 같다고 말씀하셨다.

하루는 그분의 처제가 식당을 개업했다며 처제 매장에서 술을 드셨는데 맛도 없으면서 비싸기만 하다고 투덜거리셨다. 이후에 만났을 때 사장님은 다른 곳에서 다른 메뉴를 먹고 싶었지만, 친구분은 처제가 운영하는 매장에서 먹을 것을 주장하셨다. 그날 사장님은 맛도 없는 음식에 큰돈을 썼다며 돈이 아까웠고 불쾌했다고 한다. 친구분은 자신의 아내에게 면목 없는 부분을 사장님을 이용해 채우는 것 같다고 하셨다. 그리고 환전할 일이 없냐며 몇 차례 사장님께 물어보셨고, 은행상품이 필요하면 자신이 알아봐주겠다며 상품을 권하셨다. 그리고 자신의 친구들이 부자임을 사장님께 말할 때가 종종 있었다. 사장님은 "개 친구들 이야기 들어보면 전부 다 잘나가고 잘사는 친구들이야. 나만 못났어!"라고 이야기하시며 그분 친구들의 잘남을 듣게 되자 사장님은 그마저도 불편해하셨다. 어떻게 못사는 친구가 한 사람도 없는지 모르겠다면서, 그 이야기를 들으면 자신만 못난 사람이 된 것 같다고 하셨다.

나는 "내 주위 사람들이 못살고 가난하다고 말하면 영업이 안 되죠!"라고 말하며, 영업하는 사람들은 내 주위 사람을 활용해야 한다고 말해주었다. 사장은 그런 것 같다며 자신을 영업적으로 대하는 것 같다고 말했다.

내면의 자유을 위한 상자 떠나보내기

언젠가는 사장님이 친구분에게 자신의 사위가 될 남자의 집안 내력을 이야기했을 때 친구분이 "그야말로 별 볼 일 없는 집안이네!"라고 하셨다고 한다. 사장님은 며칠 동안 불쾌해하시며 곱씹으셨다. 사장님은 상품 가입을 안 해주자 친구분이 불만을 그런 식으로 표출하신 것 같다고 하셨다. 며칠 후 사장님은 친구분에게 들어놓은 상품 중 하나를 해약하셨다.

상품을 해약하고 다음 만남에서 친구분은 사장님의 아들을 깎아내리는 말씀을 하셨다. 사장님은 또다시 분노를 쏟아내셨다. 분노하는 사장님의 말을 듣고 나서 내가 "외롭다고 친구 만나봐야 얻을 거 없죠?"라고 말하자 사장님은 그런 것 같다고 말씀하셨다. 이후에도 여러 친구분을 만나셨지만, 그분들에게서 외로움을 채우지는 못하시는 것 같았다.

내가 아르바이트할 때 같은 10대였던 친구들은 모두 가정형편이 안 좋았다. 가장으로 살아야 했던 친구들은 외로움을 더 격하게 느끼는 것 같았다. 가을바람이 불어오는 쓸쓸한 저녁이 되면 밀려오는 외로움을 어떻게 처리해야 할지 몰라 괴로워했던 모습이 떠오른다. 그 쓸쓸한 감정은 나이 들어서보다 젊을수록 더 힘들게 느끼는 것 같다. 나이 들어서 느끼는 외로움은 대부분 자신이 기대했던 상황이나 삶이 펼쳐지지 않아서 외로워하는 경우가 많은 것 같다. 연인이나 가족, 친구가 나의 마음을 몰라주거나 기대했던 미래가 아닐 경우, 외로움을 느끼는 것이다.

젊은 사람도, 나이 든 사람도 결국 모두 외롭다.

《허공의 놀라운 비밀》이라는 책에 '모든 감정은 발생하면 소멸한다'라는 내용이 있다. 세상의 모든 만물이 생겨나고 소멸하듯이 감정, 생각, 느낌 모두 발생된 것은 그 역할이 끝나면 소멸한다는 것이다. 나는 외로움을 느낄 때 인생의 모든 선택은 혼자 감내해야 함을 깊이 느낀다. 올 때 혼자 온 것처럼 세상을 떠날 때 역시 혼자 떠나간다. 누군가와 함께 가는 것이 아니다. 저마다의 세계관이 있고 느끼는 바도 다르다. 사람들은 함께라는 말을 하며 혼자 있으면 문제 있는 사람처럼 말하곤 했다. 함께라는 틀 안에 갇혀서 혼자 해결해야 하는 일까지 함께 해결하려 한다면 혼자의 힘으로 해결해야 하는 일과 마주했을 때 큰 혼란을 겪을 수 있다는 생각이 든다. 모든 존재에게는 각자의 여정이 있다고 생각한다. 저마다 개별적인 존재이기 때문이다. '외로우면 어떻게 하나!'라는 말은 외로움을 가장 두려워하고 있다는 말처럼 느껴졌다.

슈카이브님은 세상의 모든 물질, 비물질, 감정, 생각, 느낌, 추억 등 모든 것은 그만의 사명이 있다고 말씀하셨다. 외로움의 사명은 존재들에게 '삶 자체는 혼자 가야 하는 길임을 가르쳐주는 역할이 아닐까' 생각이 들었다. 외로움을 거부하지 않고 그때의 감정을 오롯이 받아들인다면 결국 인생이 혼자 가는 길임을 인정한다면, 좀 더 강인하고 단단한 자신의 모습을 보게 될 것이다.

08 세상에 당연한 것은 없다

디자이너로 일했던 가영이와 미영이라는 언니가 있었다. 우리 셋은 같이 다니며 친하게 지냈다. 함께 미술관에 가기도 하고 저녁에는 밥을 먹고, 같이 문구류를 고르며 이야기하고 웃고 떠들었다. 하루는 대학 이야기가 나왔는데 둘은 대학을 나와 공감 갔던 부분을 이야기했지만 나는 대학을 나오지 못했음을 말하자 둘의 표정은 좋지 않았다.

두 사람은 내게 벽을 만드는 것 같았다. 가영이는 어려서부터 그림을 잘 그려서 여러 번 수상을 할 정도였기에 부모님은 딸에게 많은 기대를 했던 것 같다. 하지만 가영이는 대학을 졸업하고 작은 미술학원에서 중학생들을 가르치는 일을 하게 되었다. 기대했던 딸이 기대에 못 미치자 종종 아버지는 퇴근하고 방에 들어가는 자신을 아버지가 레이저 눈빛으로 쏘아보곤 했다고 한다. 부모님 모두 이름을 대면 알 만한 대학을 나오셨고 가족 중에 교수도 있다고 한다. 그리고 가영이 친구들은 모두 유학을 가서 공부하고 있었다.

그런데 가영이 친구들은 참 별난 구석이 있었다. 가영이의 친구 중 유학을 갔다가 방학 동안에 한국에 온 친구가 있었는데, 친구는 약속을 해놓고 약속 시간 3시간 후에 나타나서는 미안하다는 사과도 하지 않고 자신이 원하는 메뉴를 고르고 자기 뜻대로 한다면서 만날 때마다 자신을 배려하지 않는다는 이야기를 했었다. 그런 친구를 왜 만나는지 알 수 없었다. 가영이와 연락하는 다른 친구들도 마찬가지로, 매너 없는 친구들만 있는 것 같았다.

어느 날 가영이 할아버지가 상을 당하셨다. 사장님과 부장님, 실장님과 나까지 4명이 문상을 하러 갔다. 그런데 가영이 아버지의 태도는 참 별났다. 와주셔서 고맙다는 말 한마디를 안 하셨다. 별 볼 일 없는 회사에서 왔다는 비아냥 섞인 말을 사장님께 했다. 그날의 만남은 사장님께 꽤 불쾌한 감정으로 남아 있다. 더군다나 사장님은 부조금을 100만 원을 하셨는데, 큰돈 쓰고 별 볼 일 없는 사람이 되셨다. 가영이는 우리 회사에서 오래 일하지 못했다. 가영이가 출근하던 중 무릎에 이상을 느껴 병원에 갔는데, 무릎 연골이 닳아 수술을 해야 했다. 그 애가 입원한 병원에 병문안을 갔었다. 하룻밤 병실에서 자고 왔고 혹시 도움이 될까 싶어 야채를 끓여서 가져다주려고 전화를 했지만 가영이는 거절을 했다.

미영 언니는 퇴사를 했다. 미영 언니가 퇴사하고 가영이는 언니와는 연락을 했지만 뭐가 그리 불만이었는지 나에게는 아무런 인사도 연락도 없었고 전화를 피했다. 가영이가 퇴사하고 얼마 후 부장님께 전화했다. 자신이 회사에 두고 온 꼬챙이가 있는데, 이탈리아에서 사온 것이라 무척 중요한 물건이니 찾아서 택배로 보내달라는 것이었다. 부장님은 가영이가 썼던 책상을 뒤졌지만 어떤 꼬챙이인지 알 수도 없었고 업무가 많으서 귀찮아하셨다. 찾는 물건이 어떤 것인지 알 수가 없자 나에게 전화를 돌려 통화해보라고 하셨다.

하지만 나도 이탈리아 물건이 어떤 것인지 몰랐다. 책상에 있는 꼬챙이를 보내겠다고 하자, 그것은 아니라며 다른 곳에 있을 거라고 찾아달라고 징징댔다. 나는 이탈리아 꼬챙이를 찾지 못했다. 그렇게 중요한 물건을 왜 회사에 둔 것인지, 그리도 중요한 물건이면 보관을 잘 했어야지, 잊고 있다가 왜 이제야 생각한 것인지 이해를 할 수가 없었다. 그리고 나와 통화하고 싶지 않지만 이탈리아 물건을 찾기 위해 어쩔 수 없이 통화하는 가영이의 음성을 듣고 기분이 상했다.

가영이 책상의 꼬챙이들은 이탈리아에서 온 것인지 한국제인지 중국제인지 모르게 모두 똑같아 보였다. 마치 가영이 혼자 값어치 없는 물건에 이탈리아제라고 가치를 부여해놓은 것 같았다. 다른 곳을 뒤져봐도 꼬챙이는 모두 똑같아 보였다. 나는 가영이가 그만두고 나서 그 애가 어떤 사람인지 정리가 되었다. 허세투성이 인생 같았다. 직장 사람들이 조문하러 갔을 때 그녀의 아버지가 사장님께 보인 태도는 대기업 임원이 아닌 작은 회사에 다니는 사람들이 방문한 것에 대한 불쾌감을 표현한 것이었다. 직업이 무엇인지, 어디에 다니는지에 따라서 인간 가치의 무게를 두는 사람이었다. 그런 사람에게 100만 원의 부조금을 주었으니 별 볼 일 없는 대우를 받을 수밖에 없었던 것이고, 호의가 당연시된 것이고, 그 호의로 인해 그녀의 부모님이 불쾌감을 느꼈던 것이다. 나는 그 애가 퇴사하고 얼마간의 시간이 흘러 그 아이 꿈을 꾸었다. 꿈속에서 나에게 미안하다고 사과했다. 사회생활을 하다 보면 호의를 베푸는 사람을 찾아보기 힘들다. 그 아이도 그것을 경험했던 것일까? 알 수는 없었지만 가영이가 힘든 시간을 보내고 있다는 생각이 들었다.

　한국으로 유학 온 중국인 화영이 한동안 회사에서 일을 하게 되었다. 초등학교 때 친했던 친구가 한국 아이여서 한국어에 능숙하게 되었다고 했다. 화영은 자제를 담당하게 되었는데 업무를 위해서 사장님께 핸드폰을 받게 되었다. 나는 화영이와 가깝게 지냈다. 화영이의 집안은 부유한 것 같았는데, 나와 같이 일할 때쯤에는 화영이의 부모님 사업이 기울어 생활비를 지원해줄 수 없는 상황이 오게 되었다. 생활비를 지원받지 못하게 되자 화영이는 저렴한 방을 찾아 이사했다. 이사를 하고 가전제품을 보러 갔었는데 소비 습관이 풍족함에 맞춰져 있어서 주머니 사정보다 비싼 제품들을 골랐다. 가전을 같이 고르고 생활용품을 사러 갔다. 물건들을 고르고 계산을 하러 줄을 서 있는 동안 그 애가 화장실을 다녀오겠다며 자리를 비웠다. 그사이 나는 화영의 물건들을 내 돈으로 계산해주었다. 화영이는 고맙다며 인사했다.

화영이는 허술한 면이 많았다. 일하는 면에서도 그랬고 대인관계에서도 그랬다. 매사에 중요한 것을 한 가지씩 빼먹고 확인을 안 했다. 친한 친구가 자신 이름으로 핸드폰을 개통할 수 없자 화영이는 자신의 명의를 빌려주었다. 후에 친구가 핸드폰비를 내지 않아 자신이 돈을 지불해야 했지만, 돈이 없어 지불하지 못하고 있을 때 내가 20만 원을 빌려주었다. 하루는 그 아이 부모님이 중국에서 고가의 버섯을 보내셨는데 화영이가 퇴근을 하며 내게 맡기며 부장님께 전해달라고 하기에 그러겠다고 하고 부장님께 전해드렸다. 부장님은 화영에게 고맙다는 인사를 전해달라며 퇴근하셨다. 그러고 나서 이틀 후 화영이는 내게 왜 함부로 물건을 전해주었냐며 따졌다. 나는 "네가 부장님께 전해달라고 했잖아! 왜 나한테 따져!"라고 말했다. 당시 화영의 집안 사정이 어려워지자 어머니는 화영이가 한국 회사에서 연줄을 잘 잡아 출세하기를 바라셨던 것 같다. 중국에서 고가에 판매되고 있는 버섯을 상급자에게 선물하며 딸의 입지를 잡아주고 싶어 하셨던 것이다. 상급자에게 선물을 내밀며 어떤 약속을 받고 싶어 하셨던 것인지, 고가의 버섯을 화영이가 아닌 내가 전달했다는 말을 듣자 크게 화를 내신 것이고, 부모님께 꾸지람을 듣자 화영이는 그 잘못을 나에게 돌렸다.

내가 화를 내자 그 애는 여러 변명을 늘어놓았다. 그 고가의 버섯 선물이 무색하게 몇 개월 후 화영은 퇴사했다. 사장님과 맞지 않았던 것 같다. 화영이가 퇴사하며 사장님께 받았던 핸드폰을 반납했는데 이 핸드폰이 문제가 되었다. 핸드폰은 새 제품으로 핸드폰 매장에서 직접 배송해주었다. 그런데 배터리 한 개가 반납이 안 되었으니 하나를 더 반납해달라는 전화가 왔다. 사장님은 화영과 통화하고 싶지 않다며 나에게 일 처리를 전달하셨다. 화영이와 통화해보니 배터리를 하나만 받았다고 했다. 받은 그대로 보냈다며 사라진 배터리는 자신에게 책임이 없다고 말했다. 모든 문제를 핸드폰 보낸 사람 탓을 했다. 나는 "너도 잘못한 거 아니야? 핸드폰 받았을 때 왜 확인을 안 했어?"라며 묻자 화영은 불같이 화를 냈다. 나는 전화를 끊어버렸다. 전화를 끊자 막말의 카카오톡 메시지가 전송되었다. 차단하려고 핸드폰을 봤을 때 내 눈에 들어온 문장 하나가 보였다. '어떻게 하면 언니처럼 나잇값을 못 할 수가 있어요?'였다. 나는 화가 치밀었지만 그대로 차단시켰다.

동료 언니에게 그 애와 있었던 일을 말하자 언니는 내가 잘못한 것이라고 이야기해주었다. 뭐든 해주고 받아주고 사주고 하니까 너를 받아주는 사람으로 인식한 거고, 그렇게 매번 받아주던 사람이 어느 날 한 가지를 들어주지 않으면 나쁜 사람이 될 수밖에 없다고 했다. 나는 그 언니의 말이 무슨 말인지 이해하게 되었다. 그 아이에게 나는 '주는 것이 당연한 사람'이었던 것이다. 그런 내가 싫은 소리를 하니 분노를 쏟아냈던 것이다. 사회생활을 하다 보면 호의를 베푸는 사람은 많지 않을뿐더러 당연하지 않다는 것을 내가 겪었던 두 아이도 언젠가는 알 것이라 생각된다.

때론 상처도
힘이 된다

01 이별은 누구에게나 어렵다

    고등학교 때 독서실에서 친해지게 된 미정 언니가 있다. 미정 언니는 상고를 졸업하고 직장을 다니며 대학 준비를 하고 있었다. 낮에는 회사에 다니고 저녁에는 공부를 했다. 그러다가 돈을 더 벌기 위해 새벽에 노래방 아르바이트를 했다. 언니는 아르바이트하는 곳에서 손님으로 왔던 한 남자를 알게 되었고, 둘은 사귀게 되었다. 늦은 저녁, 나는 언니가 일하는 노래방에 놀러 갔다가 언니의 남자친구를 처음 보게 되었다. 날카로운 눈매에 스포츠머리를 하고 있었다. 첫인상은 무서웠지만 다정다감한 사람 같았다. 이름은 태식이었다.

    남자는 어려서부터 가정형편이 안 좋았다. 중학교를 졸업하지 못했고 부모님과도 연락을 안 한다고 했다. 남자는 언니가 직장을 다니며 대학 준비를 한다는 이야기를 듣고 호감을 느낀 듯했

내면의 사유를 위한 상자 떠나보내기

다. 남자의 직업은 조직폭력배였다. 어쩌다 그런 일을 하게 되었는지는 듣지 못했다. 두 사람은 가볍게 만나는 사이가 아니었다. 언니는 남자의 직업 때문에 고민을 했다. 고민하는 언니에게 남자는 돈을 좀 모으면 하고 있는 일을 그만둘 것이라고 약속했다. 남자는 언니가 중학교도 졸업하지 못한 자신을 가르쳐주고 이끌어주기를 바랐다. 그런 남자의 기대가 언니는 부담스럽다고 했다.

어느 주말, 언니는 오빠 집에 놀러 가자며 나를 데려갔다. 언니는 평소에 안 입던 정장을 입고 화장을 했다. 나는 놀러 간다는 말에 들떴다. 방문하기 전, 빵과 음료와 다른 먹을 것들을 고르며 키득거리며 웃고 이야기했다. 그곳에 도착했을 때 남자 두 분이서 방바닥 걸레질을 열심히 하고 있다가 우리를 보고는 무척이나 반겨주었다. 두 사람은 우리가 앉을 수 있도록 카펫용 이불을 깔아주었고 이불 위에 상을 펼쳐주었다. 상 앞에 언니와 앉아 먹을 것을 펼쳐놓으니 방을 치우던 남자들이 정리를 마치고 상 옆에 둘러앉았다. 얼마 후 태식 오빠가 도착하자 방 안이 꽉 찼고 이야기를 하며 웃고 떠들었다.

그때를 회상하면 뭐가 그리 즐거웠는지 세세한 기억은 나지 않아도 그때의 즐겁고 행복했던 느낌은 아직도 남아 있다. 몇 달이 흘러 길에서 태식 오빠를 마주쳤다. 오빠는 "혜임 씨! 반가워요!" 하며 내 손을 잡았다. 그러고는 시야에 보이는 빵 가게를 보며 빵을 사주겠다고 했다. 나는 괜찮다고 했지만, 내 손을 끌고 가게로 향했다. 빵을 골라주며 계산을 했다. 빵을 받아든 나는 멋쩍어하며 인사했다. 그렇게 헤어지고 언니에게 태식 오빠를 만났던 이야기를 했다. 그런데 언니는 뜻밖의 이야기를 했다. 둘이 헤어졌다는 것이었다.

태식 오빠는 언니 생각 때문에 나를 반가워하며 빵을 사주었던 것이 아닐까 싶었다. 언니는 오빠의 직업 때문에 헤어졌다고 이야기해주었다. 큰돈을 벌던 사람이 일반 직장에 다니며 적은 월급에 만족하며 평범하게 살 수 없을 것 같다고 말했다. 미래를 감당할 자신이 없었던 것이다. 언니는 이별이 무덤덤해 보였다. 계절이 지나 언니는 독서실을 비우고 부모님이 계신 곳으로 거처를 옮겼다. 그렇게 언니와는 연락이 끊겼다. 하루는 비디오 대여점에 들렀는데 낯익은 얼굴의 남자를 보았다. 태식 오빠였다. 눈이 마주치는 순간 우리는 서로 어색해했다. 남자의 눈과 마주치고 내 시야가 남자의 이마로 향했는데 칼자국이 이마 중앙에 깊고 길게 있었다. 남자는 자신의 손으로 이마를 가리키며 인사했다. 어떻게 해야 할지 몰라 가볍게 머리를 숙여 인사하고 매장을 나왔다. 그것이 내가 마지막으로 보았던 태식 오빠의 모습이었다.

그 시절을 생각하면 이상하게 언니보다는 태식 오빠의 모습을 더 많이 떠올리게 된다. 그 오빠에게는 자신이 만들어놓은 벽,

세계관이 있는 것 같았다. 직업 때문이었을까? 자신은 평범하게 살 수 없을 것이라는 믿음이 있는 것 같았다. 다른 사람들처럼 평범한 가정에서 학교에 다닐 수도, 일상을 누릴 수도 없어 그런 사람들을 동경했고, 그런 삶을 만들어줄 사람이 미정 언니라고 생각했던 것 같다. 하지만 언니가 이별을 고하자 자신이 동경하던 삶을 그저 이상으로 멀리 보내버린 것 같았다. 자신은 도달할 수 없는 세계라 여기는 것 같았다.

그 오빠와 직접 이야기를 해본 적은 없지만 둘을 지켜봤던 내가 느낀 것은 그러했다. 인상은 무서웠지만 마음 여리고 따뜻했던 사람으로 회상된다. 젊었을 때는 모든 것이 절박하고 절실하다. 그 당시의 그 사람도 그렇지 않았을까 생각이 든다.

나는 고등학교 1학년 때 하숙생이었던 대학생 오빠를 좋아했었다. 당시 다섯 식구가 방 하나를 같이 쓰다 보니 공부를 제대로 할 수 없었다. 그래서 늦은 저녁 부엌에서 공부를 했다. 새벽까지 공부하고 있으면 그 오빠와 자주 마주쳤다. 오빠는 부엌에서 물을 마시고 내가 펴놓은 교과서를 들여다보며 열심히 하라고 말해주곤 했다. 나는 공부 성적은 항상 바닥이었기에 모범생들을 보면 동경하고 부러워했다. 그 사람은 이름 있는 대학에 다니고 안경 낀 학구파 모범생처럼 보였다. 그 사람은 내가 도달할 수 없는 이상이었다. 처음에는 그 사람에게 아무런 감정을 느끼지 못했지만, '사람은 자주 보는 것을 탐한다'라는 말이 맞는 듯했다. 자주 보다 보니 정이 갔고 좋아졌다. 그렇다고 고백할 수도 없었다. 나와는 어울릴 수 없는 부류 같았다.

시간이 갈수록 그 사람의 모든 것이 좋아졌다. 한번은 술을 마셨는지 술 냄새가 났다. 무슨 안 좋은 일이 있는지 우울해 보였다. 나는 그런 그 사람의 아픔까지 좋았고, 그 아픔을 나누고 싶었다. 하지만 먼 곳에서 남자를 바라볼 뿐이었다. 혼자 하는 짝사랑은 너무도 힘이 들었다. 그 오빠를 마주칠 때면 심장이 뛰었다. 나는 그런 감정이 너무 고통스러워 어디론가 도망가고 싶었다. 힘들어 자주 갔던 곳은 인천에 사는 고종사촌 동생 집이었다. 갈 때마다 동생은 내 외모를 꾸며주었다. 얼굴에 화장품을 발라주며 마사지를 해주고 눈썹을 다듬어주기도 했다. 어설펐지만 사촌 동생과 있을 때는 늘 즐거웠다. 그곳에 있을 때는 힘든 감정과 상황을 잊을 수 있었다. 그곳이 안식처였다.

나는 집에 있는 시간을 줄이기 위해 독서실을 다녔다. 학교가 끝나면 독서실에 갔고, 최대한 집에 돌아오지 않았다. 그러다 그 오빠가 어쩌면 다른 곳으로 이사를 가야 할지도 모른다는 말을 엄마를 통해 들었다. 갑자기 쓸쓸함이 밀려왔지만, 그것이 차라리 났겠다고 생각했다. 그리고 떠나기를 바랐다. 그런데 우리 집에 그냥 있겠다는 말을 엿듣게 되었다. 나는 고민을 했다. 이대로 있다가는 내가 말라죽을 것 같았기 때문에 조금이라도 편해지려면 방법을 찾아야했다.

내민의 사유를 위한 상자 깨기 보내기

그래서 용기를 내어 남자에게 잠깐 이야기할 것을 청했다. 늦은 저녁, 부엌 의자에 남자가 앉았을 때 나의 심정을 이야기하며 다른 곳으로 이사 가 달라고 부탁했다. 내 이야기가 끝나 자신의 방으로 돌아갈 때 남자는 나를 살며시 안아주었다. 마음이 쓰렸다. 그 후 남자를 집에서 마주칠까 봐 독서실에서 지낼 수 있는 최소한의 물건을 챙겨서 집과 독서실을 오고 갔다. 다행히 남자를 마주치는 일은 한 번도 없었다.

얼마 후 남자는 떠났다. 사람이 떠난 빈자리는 참 크고 쓸쓸했다. 집 마당 한쪽에 버려진 그 남자의 책과 문구류를 보며 마음이 아려왔다. '이제 볼 수 없구나!' 너무 보고 싶었다. 그 남자가 드나들던 방문을 먼발치에서 보고 있으면 금방이라도 남자가 문을 열고 나올 것만 같았다. 방은 텅 비어 있었다. 외롭고 그립고 쓸쓸했다. 그렇게 견뎌내며 하루하루를 보냈다. 한 달 정도가 가장 힘들었던 것 같다. 그리고 석 달이 지났을 때는 어느 정도 기운을 차릴 수 있었지만 그렇다고 해서 아프지 않은 것은 아니었다. 다시는 누군가를 못 만날 것 같았고, 다른 누구도 사랑할 수 없을 것 같았다. 세상 사람들은 평온한데 나만 힘든 것 같았다.

하지만 누구에게나 이별의 아픔은 힘들다는 것을 느끼게 되었다. 오빠가 고등학교 졸업을 몇 달 앞두고 결혼할 여자를 데리고 왔다. 언니를 너무 사랑하고 결혼하고 싶다고 했다. 부모님은 오빠의 마음을 잡기 위해 방 하나를 내주고 언니의 부모님을 만났다. 그렇게 둘이 결혼해서 살 줄 알았다. 언니의 고향은 대전이었는데 대전을 오가다 어느 날부터인가는 언니가 오지 않았다. 엄마에게 둘이 헤어졌다는 말을 들었다. 나는 별생각 없이 그런가 보다 생각했다. 어느 날, TV를 보고 있는 오빠의 얼굴을 보게 되었는데, 오빠의 눈을 본 순간 오빠의 상태가 어떠한지 알게 되었다. 오빠의 눈은 '살아갈 희망이 없다', '살아갈 이유가 없다' 이렇게 말하고 있는 것 같았다. 오빠의 눈은 텅 비어 있었다. 내가 아픔을 겪을 때는 세상에 나만 힘든 줄 알았지만, 아니었다. 이별을 겪은 모든 사람은 모두 똑같이 아프고 힘들다는 것을 오빠의 눈이 말해주었다.

내면의 자유을 위한 상처 떠나보내기

02 굳이 가족과
친하게 지낼 필요 없다

　내 동생은 나보다 한 살 어리다. 동생은 애기 때부터 몸이 약해 병원을 돌며 병치레를 했다. 나는 엄마의 관심을 독차지하는 동생을 질투하고 미워했었던 것 같다. 한 가지 기억나는 것은 그네 앞에 서 있는 동생을 내가 그네를 탄 채로 밀어버린 일이었다. 그때 먼발치에서 지켜보고 있던 큰집 오빠가 달려와 동생을 안아주었고 나를 혼냈던 기억이 있다. 친척 동생들과 한자리에 모여서 놀 때는 동생을 따돌렸던 기억도 있다. 동생을 창피해했고 고종사촌을 더 좋아했었다.

　동생은 나를 많이 따랐지만 나에게 잘해주는 것도 싫어서 외면하고 고종사촌과 동생을 비교하며 동생 마음을 상하게 한 적이 많았다. 그런 시간이 늘어가자 어느 순간부터 동생은 내가 하는 모든 말과 행동에 반발했다. 그런 동생을 보며 화가 치밀어

동생에게 더 폭력적인 말과 행동을 했다. 뿌린 대로 거둔다고 나는 동생에게 미움을 심었다. 이상하게 동생에게는 애정을 느끼지 못했다. 나는 말 그대로 못돼 먹은 언니였다. 그런 언니였으니 성장해서 동생과 친하게 지낼 수 있을 리 만무했다. 함께 가게를 할 때 동생이 성실하지 못한 부분도 있었지만 ,나 역시 동생에게 잘한 것이 없었다. 출근을 하지 않는 동생에게 전화해 입에 담지 못할 말을 쏟아냈었다. 출근해줄 것을 사정할 때는 어르고 달래보았지만 진심이 느껴지지 않는 말들은 소용이 없었다. 구슬리기 위한 말임이 뻔히 드러났다.

중3 때 동생은 날라리 친구들과 어울리며 술을 마시며 길거리를 배회했다. 동생의 친구들은 다 성실해 보이지 않았다. 임신을 하게 되어 학교를 중퇴하고 아이를 낳아 혼자 키우는 친구가 있었고, 술집에 들어가 아르바이트하는 친구, 또는 나이 차이가 많은 남자를 사귀었는데 알고 보니 유부남이어서 커피숍에서 아저씨한테 재떨이를 날려 응징을 했던 친구도 있었다. 엄마는 동생이 그런 친구들과 어울리는 것을 무척이나 걱정했다. 엄마는 큰엄마에게 전화로 하소연했는데 이야기를 잘못 들으셨는지 동생이 술집을 다닌다며 친척들에게 소문을 퍼뜨렸다. 뒤늦게 잘못된 이야기임을 알았지만, 큰엄마가 퍼뜨린 소문이 동생 귀에까지 들어가면서 동생은 크게 분노했다.

나는 가족들과 의절하고 연락을 끊었다가 동생이 아들을 낳았

내면의 사람을 위한 상자 떠나보내기

다는 소식을 듣고 연락하게 되었다. 동생을 만났을 때 먼저 지난 일들을 사과했고, 어색함 없이 동생이 제부를 만나 혼인신고를 하기까지의 많은 이야기를 들었다. 제부는 참 좋은 사람이었다. 다정다감하고 의리도 있었다. 동생과 만나기 전, 친구에게 300만 원의 빚이 있었는데 아들이 태어나자 친구에게 돈을 모두 갚았다는 이야기를 들었다. 대부분은 아이가 태어나면 돈을 떼어먹는데 제부는 그런 사람이 아니었다. 돈을 갚은 이야기를 들은 동생은 "내가 결혼할 때 가지고 온 건 없었어도 빚은 안 가지고 왔다!"라며 제부를 나무랐다고 한다. 나는 제부를 좋아하게 되었다. 조카가 태어나서 평수가 넓은 집으로 이사를 가야 한다는 말에 동생에게 뭐라도 해주고 싶어 세간살이라도 장만하라고 350만 원을 주었다. 동생이 이사를 간 후 그 돈으로 무엇을 샀는지 내게 말해주었다. 그때까지 나는 동생과 잘 지내게 될 줄 알았다. 어느 날, 늦은 밤 동생에게 전화가 왔다. 동생은 예전에 내가 서운하게 했던 일을 이야기했다.

나는 그때 내가 얼마나 어리석었는지 몰랐고 미안하다고 말하며 후회하고 반성하고 있다고 이야기했다. 동생은 사과를 받아주었다. 동생과 통화할 때 공통으로 나오는 대화의 내용은 예전에 자신에게 서운하게 했던 사람들을 욕하는 것들이었다. 다른 대화를 하다가도 예전에 자신에게 잘못했던 사람들 험담으로 대화가 흘러갔다. 이야기를 들어주지 않으면 불쾌감을 드러냈고 싸우자는 태도를 보였다. 그래서 이야기를 할 때는 비위를 맞춰줘야 했다. 한번은 밤 12시경 전화가 와서 받아보니 술을 마신 상태였다. 큰엄마 욕을 해서 맞장구를 쳐주었는데, 기분이 좋았는지 전화를 끊을 생각을 하지 않았다. 새벽 2시가 넘어 3시가 되었을 때 전화를 끊을 수 있었지만, 출근을 해야 하는 나는 화가 났다. 이후에 전화가 왔을 때도 거의 밤 12시가 되어갈 때였다. 또 큰엄마 욕을 했다. 나는 이미 지난 일이고 나이 드신 큰엄마를 용서하라고 말하자 동생은 온갖 욕을 한 후 전화를 끊었다.

　나는 욕을 들어 기분이 나쁜 것보다 전화를 끊어준 것에 안도했다. 그리고 며칠 후 다시 동생에게 전화가 왔을 때 전화를 받고 싶지 않았지만 오는 전화를 안 받을 수 없어 전화를 받았고 가벼운 안부를 물으며 전화를 끊었지만, 동생과 연락하는 일이 피곤하고 두려워졌다. 전화가 안 오기를 바라는 마음뿐이었다. 한번은 동생에게 엄마가 돈을 가져가 갚지 않아 바퀴벌레가 나오는 집에 살며 빚을 갚은 이야기와 오빠가 나를 대하는 태도에서 나를 이용가치로만 생각한 것 같다는 이야기를 했을 때 동생은 무척이나 기분 나빠하며 가족들을 안쓰러워했다. 동생은 직장을 제대로 다녀본 적도 돈을 모아본 적도 없었다. 가족들과 사이가 친밀했고, 막내였고, 어려서부터 아픈 손가락이다 보니 엄마에게는 뭐든 해주고 싶은 딸이었다. 오빠도 동생과 사이가 좋았고 동생만은 아꼈다. 동생은 자신이 아이를 키워보니 엄마가 얼마나 힘들었을지 알게 되었다고 했다. 그러다 보니 대화가 되지 않았다. 엄마를 비난하는 것은 특히나 듣기 힘들어했다.

빚을 갚아나간 나는 안중에도 없었고, 얼마의 금액을 갚았는지도 전혀 관심이 없었다. 엄마는 조카가 태어나자 동생과 조카 앞으로 제법 큰 금액의 보험을 들어주었다. 나는 한숨이 나왔다. 직업도 없으면서 남의 돈 끌어다가 보험을 드는 것으로 보였기 때문이다. 나는 부모님과 인연을 정리하지 못했다면 지속해서 부모에게 돈을 주며 살 수밖에 없었을 거라는 생각을 하게 되었다. 그리고 내가 준 돈은 동생의 보험금으로, 오빠의 다단계 자금으로 쓰이게 되었을 거라는 예상을 하게 되었다.

보험을 받은 동생이 철이 없다는 생각도 들었다. 부모님 나이도 있고 노후 준비도 안 되어 있고 직업도 없으신데 어디서 돈이 생겨 그런 보험을 들어주고 있다고 생각하는 것인지…. 그냥 부모님이 해주니까 받는 것 같았다. 이후 엄마가 주위 사람들에게 돈을 꾸고 갚지 않았다는 이야기를 듣게 되었고 동생을 멀리하게 되었다. 가족들과 친밀한 동생과 연락하다가 또다시 돈을 뜯길까 봐 걱정이 되었기 때문이었다. 그렇게 몇 년이 흘러 갑자기 동생이 걱정되어 제부에게 연락해 먹을 것을 싸 들고 동생의 집에 찾아갔다. 이후 비상금 한 푼 없는 동생이 안쓰러워 증권사에 금이라도 사두라고 330만 원가량의 돈을 주었다. 동생은 비상금이 생겼다며 고마워했다. 하지만 여전히 옛날에 자신에게 서운하게 했던 사람들의 험담을 했다.

나는 20년도 넘은 이야기를 듣고 있기가 힘이 들었다. 하루는 맞장구를 치는 대신 동생이 잘못한 부분에 대해서 말해주었다. 그러자 동생은 내가 매장을 운영했을 때 이야기를 꺼냈다. "언니가 가게 했을 때 나한테 어떻게 했는지 기억 안 나? 언니가 나한테 어떻게 했는데!" 나는 과거의 일은 이미 사과했고 동생이 안쓰러워 돈도 주었고 어떻게든 잘해보려 노력했지만, 그 잘 지내보려 했던 마음이 순간 분노로 차오르기 시작했다. 이성을 잃고 동생이 얼마나 형편 없이 일을 했는지 이야기를 해주자 동생은 지지 않고 내가 얼마나 못된 언니였는지를 이야기했다. 싸움은 격해졌고 똑같은 이야기만 오고 갔다. 나는 싸움을 끝내려면 동생과의 연을 끊어야 한다는 생각이 들었다. 동생에게 말했다. "나는 어렸을 때 너한테 잘못한 것이 많아서 어떻게든 잘해보려 했는데, 내가 아무리 잘해도 지금 잘하는 것보다 옛날에 잘못한 것으로 나를 나쁜 사람 취급하니 의미가 없는 것 같아 차라리 아무것도 안 하는 나쁜 사람 할게. 나는 이제 사라져줄게! 그만 하자!" 그렇게 말하고 전화를 끊어버렸다.

　다음 날 내가 전화를 받지 않자 수십 번의 전화가 왔다. 하는 수 없이 전화를 받았고 다시 연락하게 되었다. 그리고 전화 통화를 했을 때 이번에는 다른 사람 욕을 해댔다. 나는 사람들 욕하는 이야기도 그만 듣고 싶었다. 벌써 10년이 넘은 이야기다. 말을 들어주지 않으면 또 싸우게 될까 봐 동생의 말을 들어주고 전화를 끊었다. 동생을 위해 충고해줘야겠다는 생각이 들어 문자를 보냈다. '네가 싫어하는 사람을 나도 싫어한다고 생각하지

말아줘'라고 그리고 '과거를 살지 말고 현재를 살기 바란다'라
고 문자를 보냈다. 그 문자를 받은 동생은 '그렇게 생각하는지
몰랐네! 이제 너랑은 끝이야'라는 답장을 주었다. 그래서 '알았
어, 잘 살아!'라고 문자를 주니 제부한테도 연락하지 말라는 문
자가 왔다. 이후에 몇 번의 문자가 왔지만 읽지 않고 차단해버
렸다. 내가 마지막으로 동생의 문자를 보았을 때의 내용은 '너
는 내가 그렇게 싫으냐'로 시작하는 문장이었다. 동생은 연락을
끊을 마음이 아니었던 것 같았다. 그저 홧김에 내지른 문자였지
만 나는 동생과 연락할 생각이 완전히 사라졌다.

　그래도 가족끼리 연락은 하고 지내야 하지 않느냐고 말하는
사람이 있을 것이다. 하지만 내 능력으로는 가족을 감당할 수
가 없었다. 감당할 능력이 되는 사람이라면 그 사람은 감당하
면서 가족과 함께 지내면 된다. 하지만 나는 그렇게 할 수가 없
음을 최종적으로 확인하게 되면서 가족에 대한 마음을 접었다.

03 상처와 마주하는 순간
삶이 변한다

이삐를 보내고 혼자 있는 나리가 걱정되어 한 마리를 더 입양
했다. 몸 전체가 노란 줄무늬 털을 가지고 있어 호랑이와 닮은
느낌이 들어 '호란'이라고 이름 지었다. 수놈이었다. 호란이는
다른 집에 입양 보내졌다가 파양되어 사장님께 다시 돌아온 녀
석이었다. 처음 녀석이 와서 같이 지낼 때 녀석은 좀처럼 내게
마음을 열지 않았다. 나는 최대한 녀석의 마음을 열어보려고 자
주 안아주었다. 문을 열고 들어가면 나리만 문 앞에서 기다렸지
만, 며칠이 흐르자 녀석도 나리 옆에서 나를 반겨주었다. 이 녀
석은 나리와 다르게 내 뒤를 따라다녔다.

나리는 잠을 잘 때 이불 더미로 들어가서 혼자 잠을 잤지만 호
란이는 항상 내 옆에서 잠을 잤다. 그리고 아침엔 가슴팍 위로
올라와서 밥을 달라며 잠을 깨웠다. 녀석이 나를 깨우는 시간은

주로 새벽 4~5시여서 피곤할 때가 많았지만, 그런 녀석의 모습은 너무도 사랑스러웠다. 나는 일감을 집에 가지고 와서 밤늦게까지 일을 했다. 그런 날은 내가 만들고 있는 물건들 위에 자신의 몸을 깔고 누워서 나를 바라보았다. 일 좀 그만하고 자기 좀 봐달라는 말 같았다. 그런 녀석을 들어 바닥에 놓아주곤 했다. 호란이가 너무 사랑스러웠지만 나리가 소외감을 느낄까 봐 나리를 더 챙겨주었다. 집에 돌아와 나란히 기다리고 있는 두 녀석을 보며 나리에게 먼저 인사를 했고 만져주었다.

두 녀석이 나에게 다가와 장난을 칠 때 녀석들의 모습이 너무 사랑스러워서 한 손으로 동영상을 찍고 한 손으로는 나리를 만져주었다. 손이 모자라 호란이를 만져주지 못했는데 그날 찍은 동영상에는 호란이가 내 손길을 받고 있는 나리를 발견하고 질투하는 표정이 담겼다. 자기 옆으로 나리가 지나가면 장난스럽게 물어댔지만 질투하는 표정이 보였다. 또는 나리 얼굴을 핥아주다가 나리의 수염을 뽑거나 끊어댔다.

두 녀석이 생후 1년이 안 되었을 때 녀석들이 발톱을 세워 뛰어노는 통에 몸 이곳저곳에 상처가 많이 났다. 상처가 심해지자 화가 난 적이 있었다. 호란이가 내 팔을 물며 상처를 냈는데 순간 화가 나서 호란이를 때렸다. 호란이는 너무 놀라고 무서워했다. 나는 그때의 기억을 잊고 싶다. 다음 날 호란이에게 미안하다고 오랫동안 사과했다. 언젠가 내가 겪었던 중 가장 더운 여름날이었다. 날이 점점 더워지자 녀석들이 걱정되었다. 당시에는 3.5평짜리 단칸방에서 살았는데 급격하게 더워질 때는 열기가 빠져나가지 않아 바깥보다 방안이 더 더웠다. 그렇다고 에어컨을 설치할 수도 없었다. 아이스팩을 녀석들에게 주고 싶었지만 작은 냉장고에 아이스팩이 여러 개 들어가지도 않아 생으로 여름을 보내야 했다. 하루는 더위로 잠을 이룰 수 없었는데 녀석들이 입을 벌리고 호흡하는 모습을 보고 그 방에 놔두면 안 될 것 같다는 생각이 들었다. 그래서 두 녀석을 데리고 회사 사무실로 녀석들의 거처를 옮겼다.

회사와 집을 4~5번 왔다 갔다 하며 두 녀석과 두 녀석의 물건들을 옮겼다. 하지만 녀석들을 집에 놔뒀어야 했었다. 고양이는 낯선 환경을 만나면 몹시 두려워한다는 사실을 알았음에도 익숙한 물건들을 놔두면 괜찮을 줄 알았는데 그렇지 않았다. 그래도 집보다는 회사가 시원했기 때문에 3일가량을 그곳에서 지내게 하다 다시 집으로 데려왔다. 녀석들 때문에라도 빨리 이사를 해야겠다 싶어 집을 알아보고 이사했다. 이사를 하고 어느 날 토한 자국이 보여 치웠는데 일주일가량 지나 또다시 토한 자국이 보였다. 나는 그 일을 대수롭지 않게 넘겼다. 그리고 얼마 후 또 토한 자국이 있었다. 어느 녀석이 토를 한 것인지 모르다가 호란이가 토하는 것을 보고 걱정되기 시작했었다. 나는 안일하게 조금 더 지나면 괜찮아지려니 생각했지만, 다시 토하는 것을 보았고 무언가 잘못되고 있음을 느꼈다.

그다음 날부터 호란이가 밥을 먹지 않았다. 상태가 심상치 않음을 느껴 병원에 데리고 갔는데 나는 병원을 잘못 선택했다. 병원에서 내시경을 진행했지만 별다른 병을 발견하지 못한 것이다. 의사는 밥을 먹지 않는 호란이를 일주일가량 아무 조치도 취하지 않고 방치시켰다. 내가 방문했을 때 이대로 두다가는 안 되겠다 싶어 다른 병원으로 이동했지만, 그곳에서도 별다른 조처를 하지 않고 3일을 보냈다. 나는 다급해졌다. 그래서 인터넷으로 병원을 알아보고 1시간 거리의 병원을 찾아갔다. 그곳의 의사는 살아 있는 것도 신기하다고 말했다. 좋은 결과를 기대할 수 없으며 우선은 상태를 봐야 할 것 같다고 했다.

입원을 시키고 오후에 병원에 들렀을 때 수술을 해야 한다는 말을 들었다. 하지만 수술할 수 있는 체력이 안 되니 밥을 먹여 체력을 회복시킨 다음에 수술을 해야 한다고 했다. 나는 다급했고 믿을 사람은 선생님밖에 없었다. 병원에서는 호란이에게 강제로 밥을 먹였다. 퇴근 후 호란이를 찾아가 나도 강제로 밥을 먹였다. 다음 날 저녁, 병원을 찾아가 수의사 선생님과 이야기를 했다. 선생님과 이야기하는 동안 케이지 안에서 수액을 맞고 있는 호란이를 보았다. 호란이는 내 눈을 바라보며 무언가를 말하고 있었다.

상담을 마치고 집에 돌아왔을 때 잠을 이룰 수가 없었다. 호란이의 눈빛을 잊을 수가 없었다. 집에 오기를 간절히 바라는 눈빛이었다. 나는 뜬눈으로 밤을 지새우다가 아침 일찍 병원을 방문했다. 호란이를 데려가겠다고 말하고 링거와 다른 기구를 제거하고 있을 때 호란이가 먹은 것을 모두 토해냈다. 마음의 준비를 해야 할 것 같았다. 호란이가 집에 도착하자 안정을 찾는 것 같았다. 편하게 잠이 든 모습을 보고 괜찮아지지 않을까 헛된 바람으로 기대했다. 호란이는 오랫동안 잠이 들었고 깨어났을 때 훨씬 쇠약해진 것이 느껴졌다.

그날 저녁 모기향을 피우고 잠이 들었고, 다음 날 아침 호란이가 내 곁에 오려고 했지만 모기향 냄새 때문에 곁으로 오지 못하고 발길을 돌렸다. 있는 힘을 다해서 마지막으로 내 곁으로 오려고 했던 것이었다. 그날을 생각하면 마음이 너무 아프다. 호란이가 내게 안길 수 있는 마지막 기회였는데 그렇게 해주지 못했던 것이 아직까지도 후회가 된다.

나는 호란이가 그날을 넘기지 못할 것을 느꼈다. 출근해서 친구에게 회사가 일찍 끝나면 집에 와줄 것을 부탁했다. 그리고 친구와 함께 호란이의 마지막 모습을 지켜보았다. 처음 호란이의 사체를 보았을 때는 무덤덤했다. 친구와 호란이를 묻어주고 돌아선 순간 무덤덤했던 마음이 허망함으로 채워졌다. 그리고 '앞으로 어떻게 살아가야 하지?' 하는 생각이 들었다. 살아갈 이유를 잃어버린 느낌이었다. 어디에 마음을 두고 살아야 할지 몰랐다. 다음 날 나리가 밥을 달라고 울었지만 나는 일어나

내면의 자유를 위한 상처 떠나보내기

지 않고 잠만 잤다. 공허했다. 화장실에 앉았을 때 평소라면 내 앞으로 와 눈을 마주치던 호란이가 없다는 현실을 믿을 수가 없었다. 가슴이 터질 듯 아팠다. 쓰라림이 마음을 휘감았다. 나는 핸드폰에 있는 호란이의 사진들을 모두 다른 곳으로 이동시켰다. 도저히 호란이의 사진을 볼 수가 없었다. 사진을 볼 때마다 고통스러웠다.

그 텅 빈 마음을 어떻게 말로 설명할 수가 없다. 월세 25만 원짜리 3.5평에 살 때 두 녀석이 왔다. 그때가 내 인생에서 가장 행복했던 시절이었음을 뒤늦게 깨달았다. 호란이가 떠난 후 호란이 사진을 보지 못하다가 얼마 전 호란이의 사진들을 찾아보았다. 호란이가 떠난 지 4~5년만에 처음으로 꺼내본 것이다. 호란이가 어렸을 적 모습, 성묘가 되었을 때 모습, 건강했을 때 뛰는 모습의 사진을 보았다. 호란이가 나를 바라보는 모습을 찍은 몇 장의 사진에서 당시에는 몰랐고 느끼지 못했던 사실을 알게 되었다. 사진을 찍는 나를 보며 사랑한다고, 엄마가 좋다고 말하고 있었다. 나는 또다시 눈물을 흘릴 수밖에 없었다. 한참을 울고 나서 책 한 권을 꺼내 보았다.

반려동물의 영혼은 이번 생에 최선을 다해 살았기 때문에 이번 삶을 고집하지 않는 것이다. 무엇보다 본능적으로 자신이 윤회하는 영적 존재임을 자각하고 있다. 죽음을 감옥과 같은 육체에서 벗어나 영혼이 해방되어 자유를 얻는 것이라고 여긴다. 무엇보다 죽음이 영혼의 성장 과정에 필수 불가결한 것임을 받아들인다. (중략) 모든 동물에게는 각자 사명이 있다. 이번 삶에서 다양한 체험을 통해 깨달음을 얻고자 한다. 영혼의 진보를 이루기 위해서다. 주인과 맺게 되는 관계는 결코 우연이 아니다.

– 《죽음 이후 사후세계의 비밀》 중

《죽음 이후 사후세계의 비밀》이라는 책을 읽으며 내게 와주었던 호란이가 어떤 존재였는지 다시 생각하게 되었다. 호란이에게는 죽음이 나쁜 것이 아니라 진보를 위한 과정이었음을 알게되자 마음이 조금은 가벼워졌다. 그리고 동물들이 천국에서 더 행복하게 지낸다는 대목을 읽었을 때 마음의 위안을 얻게 되었다. 녀석이 떠나고 잘해주지 못했던 죄스러움에서 조금은 벗어날 수 있었다. 아직도 녀석이 너무 보고 싶다. 호란이의 사랑에 감사를 느낀다. 내 곁에 있어줘서 고마웠고, 나를 사랑해줘서 고마웠다고 말해주고 싶다. 그렇게 꺼낼 수 없었던 호란이의 사진을 꺼내놓게 되었다.

내 문제를 내가 회피할 때 겪게 되는 일들

　20대 때 회사에서 같이 근무했던 언니가 있었다. 그 언니는 결혼할 기회가 있었지만 결혼할 시댁의 누님들을 만나고 난 후 결혼생활이 자신 없어 결혼을 파토 냈다고 이야기했다. 언니는 무척 예쁘고 귀여웠다. 남자들이 호감을 가질 만한 외모였다. 언니는 명품 가방을 좋아했고 쇼핑하는 것을 좋아했다. 또한, 월급 이상의 지출을 하며 피부샵도 다녔다. 나는 월급은 한정되어 있는데 그런 돈이 어디서 나는지 의아했었다. 언니는 월급을 모두 그런 쪽으로 돈을 쓰고 대출을 알아보고 있었다.

　언니와 결혼에 관한 이야기를 잠깐 했었다. 나는 다니는 학원에 대해 이야기하며 방통대에 관해 말했을 때 언니는 나에게 "혜임아, 결혼하면 남자가 등록금 내고 학교에 보내주는 경우도 많아! 결혼해서 공부하는 것도 괜찮아!" 내가 "저는 남자를 책임질 능력이 없어서요. 결혼은 힘들 것 같아요!"라고 이야기하자, 언니는 "결혼하면 남자가 대학도 보내주고 해외연수도 보내주는 경우들이 많아. 내 친구는 그렇게 결혼해서 학교에 다니고 연수도 간 친구 있어!"라며 이야기했다. 나는 언니와 내가 결혼관이 무척 다름을 느꼈다. 언니는 소개팅도 자주 나가며 남자를 만났다. 하지만 언니는 눈이 높은 사람이었다. 외모도 잘생겨야 했고 돈도 있어야 했다. 그중 한 남자를 만났는데, 문제는 이 남자가 언니 이름으로 카드를 만들어 1,000만 원의 빚을 지게 했고, 다니던 직장도 계약직이었지만 정직원이라고 속였다. 그러다 나중에는 돈을 못 돌려받고 헤어지게 되었다. 이후에도 언니는 외모가 잘생긴 여러 남자들을 만났지만, 돈 문제로 헤어지기를 반복했었다. 벌이는 많지 않으면서 그 이상을 쓰면서 돈이 없어 우울해했다. 그러다 우울증이 왔다며 지각과 조퇴가 잦아지다 퇴사를 했다.

내가 보기에는 소비를 줄이면 문제가 해결될 것 같은데, 자신의 문제를 외부에서 찾으려 하다 보니 남자에게 의존하고 의존할 남자를 못 찾자 우울증이 온 것 아닌가 하는 생각이 들었다.
훗날 소식을 접했는데 전과 마찬가지로 말끔한 남자를 만나고 있다는 이야기를 듣게 되었다. 그 소식을 전해준 동료는 "보나마나 또 돈 문제로 헤어질 거 같더라!"라는 말을 했다.
언니는 모든 답을 남자에게서 찾으려 하는 것으로 보였다. 남자를 만나 결혼하면 해결될 것이라 믿지만, 이상향의 남자는 없

타인의 시선을 위한 상처 떠나보내기

다. 또한 자신의 문제를 남자에게 돌리게 되면 남자에게 끌려다닐 수밖에 없다.

내 문제를 해결할 사람은 나뿐이다. 다른 누군가가 해결해줄 수 없다. 나의 문제를 내가 회피하게 되면 돌고 돌아 똑같은 문제와 다시 마주하게 된다. 결국에 문제를 해결하지 않고는 끝날 수 없는 일이라는 생각이 들었다.

삶을 반복하는 사람들은 곳곳에서 많이 볼 수 있다. 3년 동안 백수로 지내며 친구들에게 도움을 받으며 생활하다가 직장생활을 했던 한 분은 직장을 퇴사한 후 다시 백수가 되어 친구들에게 도움을 받으며 생활했고, 매장을 운영하다가 적자가 쌓여 직장생활을 했던 분은 다시 매장을 차리며 퇴사했지만, 매장 운영이 힘들어 다시 매장을 폐업했다. 직장생활을 하면서 입사해서 같이 일했던 동료들을 생각하면 대부분이 입사했을 때의 모습과 나갈 때의 모습이 똑같았다. 모두 자신의 문제를 해결하지 못하고 삶을 반복하는 것 같았다.

어떤 유튜버의 영상에 이런 내용이 있었다. 사람들이 겪는 대부분의 문제는 자신의 내면 상태의 반영이고, 자신이 해결하지 못한 문제들은 반복해서 일어난다는 말이었다. 그리고 반복된 삶의 형태는 사건을 겪는 당사자가 알아챌 때까지 반복된다는 것이었다. 우리는 눈에 보이는 표면적인 형태의 모습들만을 바라보고 그것이 전부라고 여기지만, 현실 너머에는 정신적인 에

너지 형태의 삶이 있고 그것에 따라 삶이 형성되고 있다는 생각이 들었다.

   서울 생활을 접고 이사한 후의 일이다. 하루는 3시간짜리 청소 아르바이트를 갔다. 청소를 하러 간 곳은 공장이었는데, 청소 도구가 없어 손으로 걸레질을 하고 화장실 청소를 하면서 힘들다고 생각하고 있었다. 문득 서울 생활이 생각났다. '서울에서는 좀 편하게 직장을 구할 수 있을 텐데, 나는 왜 서울을 떠나 왔을까?' 후회의 감정이 올라오는 순간, 나는 의존적인 내 성향을 바꾸고 싶어 했다는 것을 느꼈다. 모든 것을 정리하고 정착한 곳에서 나의 문제를 알게 되었고 진정 변하고 싶어 했음을 알게 되었다. '신의 음성은 느낌으로 온다'라는 말이 있다. 뚜렷하게 이것이라고 말해주지 않는 느낌적인, 그런 것 같은 것.
   서울에서 계속 살았다면 알 수 없었을 것이었다. 그 느낌적인 내면의 울림을 받고 나서 나는 내가 독립적이지 못하고 의존적으로 살아왔음을 다시 한번 깨달았고, 내가 원하는 것이 무엇인지를 직감으로 알았다.

   가족과 함께 살 때, 나에게는 가족이 전부였고 삶의 이유였다. 돈 문제로 엄마와 의절했을 때의 내 마음은 참담했다. 동생과 마지막으로 통화했을 때 역시 좋은 관계로 지내보려 노력했지만, 인간관계는 노력으로 되는 것이 아니었다. 친구에게, 남자친구에게 모두 같은 방식으로 상처받고 관계를 정리했다. 마음을 의존하다가 서로가 생각하는 바가 다름을 느낄 때 늘 실망하고 관계를 정리는 일을 반복해왔다. 나는 타인들의 삶이 반복되는 것만 지켜보았지, 정작 내 삶이 반복되고 있음을 알아채지 못했다. 그 모든 과정이 나를 비추고 있었다.

문득 혼자 되는 것에 대해 두려움을 느꼈던 10대 시절이 떠올랐다. 내가 가장 두려워했던 한 가지는 혼자 남겨지는 것이었다. 또 홀로 남겨질까 봐 두려워했던 젊은 시절의 한때가 스쳐갔다. 나는 내가 두려워하는 현실과 마주하게 되었다. 그 두려움이 진짜 나의 문제였고, 그 두려움으로부터 매번 도망치려고 사람에게 마음을 의존해왔다. 내 문제를 해결하지 못하고 돌고 돌아 이곳까지 온 것이었다. 이것을 아는 데까지 참으로 오랜 세월을 돌아왔다. 나는 이제 40대가 넘었다. 누구를 만나 위안을 얻고 대화하고 함께 일상을 보내고 싶은 생각이 사라졌다. 누군가에게 기대려는 마음이 사라진 것일까? 이제는 도망가지 않으려 한다. 나는 혼자 겪어야 할 일을 겪어내기로 했다. 나의 문제를 회피하면 결국 그 문제와 다시 만나게 된다. 단순히 보면 불행이 반복되는 것으로 보이지만, 다시 한번 기회가 온 것임을 받아들이면 삶이 기쁨으로 변할 수 있다는 것을 안다. 나는 내 두려움을 만났다. 그리고 혼자 행복하고 즐겁게 책을 쓰고 있다.

05 바닥을 가보니 보이는 진실들

　나는 고등학교를 졸업한 후 의상학원에 다녔다. 집안에 손을 벌릴 수 없어 주유소 아르바이트를 해서 학원에 다녔다. 학원을 3개월 정도 다녔을 때 월급을 받을 즈음 월급 이야기를 엄마에게 한 적이 있었다. 그 이야기를 듣자 엄마는 아르바이트비를 꿔달라고 했다. 나는 엄마가 돈 때문에 힘들어한다는 생각에 마음이 아팠다. 엄마에게 돈을 주고 학원비가 없자 학원을 한 달 쉬고 다음 달에 등록하려 했지만 한번 펑크가 나자 학원을 두 달 후에 다니게 되었다.

　엄마는 꿔간 학원비를 주지 않았다. 학원비를 달라고 하기에는 마음이 아파 달라고 하지 못했다. 그렇게 두 달 후 학원을 다시 다녔지만, 월급을 받을 때쯤 엄마는 또다시 학원비를 꿔달라고 했다. 나는 엄마에게 돈을 주었다. 그렇게 의상학원을 다닐 수 없게 되었다. 당시에는 엄마가 힘들어하는 모습과 엄마에게 돈을 더 줄 수 없는 내 현실이 마음 아팠다. 그 시절은 그렇게 지나갔다.

그리고 언젠가는 엄마가 여러 귀금속을 가지고 있는 것을 본 적이 있었다. 반지, 목걸이, 팔찌가 다양하게 있었고 모두 큰 보석이 박혀 있었다. 그때 나는 엄마에게 이것은 어디서 생긴 것이냐고 물었다. 그때 엄마는 이웃집 아주머니가 주셨다고 했다. 당시 나는 그 이야기를 듣고 내심 참 고마운 아주머니라고 생각했었다. 이후에 그 귀금속들이 너무 신기해서 집에 올 때마다 꺼내어 만지작거렸다. 그리고 얼마 후 귀금속들이 사라졌는데 그 물건들은 어디로 간 것인지 물었을 때 엄마는 제대로 대답해주지 않았다.

당시에는 그런 사소한 사건들을 별생각 없이 지나쳤지만, 가족과 의절하고 나니 그때 보았던 귀금속에 대한 의문이 들기 시작했다. 이웃집 아주머니가 그런 귀금속을 주었다는 것이 의심스러웠다. 그 많은 보석을 이유 없이 엄마에게 준다는 것이 말이 안 되었다. 생각 끝에 나는 엄마가 나름의 사치스러운 면이 있었다는 결론을 내리게 되었다.

가족과 의절하고 5년 정도 흘러 큰집에 들렀을 때 큰엄마는 오빠가 이혼했다는 사실을 알려주셨다. 오빠와 결혼했던 언니는 시어머니께 잘 보이고 싶어서였는지 자신들의 적금을 들어 달라며 매달 80만 원 정도를 엄마에게 드렸었다. 그리고 부모님 이름으로 각각 보험도 들어드렸다. 그런데 두 사람 사이가 나빠 지면서 이혼 이야기가 오고 갔고 시어머니한테 적금통장을 돌 려달라 했다. 그런데 이 적금통장이 문제였다. 엄마는 차일피일 미루다가 돈을 돌려주지 않았다. 그리고 돈이 없다고 말했다. 언 니는 3년 넘게 엄마에게 돈을 드렸는데 돈이 증발한 것을 알고 분노했다. 언니는 시어머니를 닦달하는 대신 오빠를 괴롭혔다. 오빠는 괴롭힘을 못 이겨 자살 시도를 했다.

그 당시에 오빠는 영업을 위해 3,000만 원짜리 차를 몰고 다 녔었는데 할부금을 다 채우지 못한 거의 새 차나 다름없던 차였 다. 그 차를 벽에 정면으로 부딪쳐 자살 시도를 했다. 다행히 목 숨은 건졌지만 차는 폐차를 해야 할 정도였고, 몸도 크게 다쳤 다. 엄마는 며느리 돈만 해 먹은 것이 아니었다. 다니던 성당에 서도 돈을 꾸었다. 돈을 꾸고도 제대로 갚지를 않아 성당 사람 들 구설에 오르내렸고 성당에 다닐 수 없는 상황이 되었다. 그 리고 재개발지역을 다니며 '집을 샀다', '상가를 샀다'라는 말을 했지만 엄마가 말하던 상가나, 집은 어떻게 된 건지 아무것도 남은 것이 없었다.

나는 또다시 분노를 느꼈다. 엄마가 주위에 있는 모든 사람에 게 피해를 주고 다녔다는 생각 때문이었을까? 엄마의 진짜 모습을 확인하게 되어서였을까? 그날 집에 돌아가서도 흥분을 감추지 못했다. 그리고 옛 기억이 소환되었다. 학원에 다니려고 아르바이트를 해서 받은 월급을 두 번이나 가져가서 돌려주지 않았던 일과 엄마의 귀금속이 떠올랐다. 며칠을 분노하다가 나는 깨달았다. 나는 엄마를 잘 몰랐다는 것을.

엄마는 재개발지역을 돌아다닌 이야기를 자주 했었다. 우리가 살던 집 근처도 재개발 이야기가 돌고 있다며 조금만 더 고생하면 된다며 희망적인 이야기를 했다. 당시 나는 그 이야기를 듣고 힘이 났었다. 과거에 엄마에게 5,000만 원을 가져다주었을 때 나는 돈을 내어주면서도 몇 가지 의문이 들곤 했다. 이렇게 해서 과연 돈을 벌 수 있는 것인지, 이렇게 해도 괜찮은 것인지, 정말 6개월이면 되는 것인지, 이런 의문들이었다. 확실한 것은 내가 엄마를 너무 믿었다는 것이었고, 엄마를 잘 몰랐다는 것이었다.

유부남이었던 남자친구와 헤어지고 한참 지나 마음을 정리하려 할 때 그에게서 연락이 왔다. 만나자는 연락을 받고 나자 내심 기대를 했다. 하지만 그는 여전히 우리의 미래를 이야기하지 않았다. 그저 보고 싶었고 만남을 유지하고 싶다는 이야기뿐이었다. 그는 내 감정이 어떠한지를 확인하고 싶어 했다. 나는 마음을 잡지 못했다. 그렇게 몇 번을 더 만났다. 혹시나 결혼을 약속받을 수 있지 않을까 기대했다. 하루는 내가 사는 집 구경 좀 하자며 들어온 적이 있었는데, 그가 수작을 부리기 시작했다. 나는 다시 한번 그에게 결혼을 물었지만, 기대했던 답은 듣지 못했다. 그런 그를 보며 나는 실망했고 그를 밀쳐내며 인제 그만 만나자고 이야기했다. 그렇게 그가 나가고 나서 나는 화가 나기 시작했다.

그가 원했던 것은 외로움을 달랠 대상이었을 뿐 나를 위한 마음이 없어 보였다. 그가 이유도 변명도 다양하게 대며 바람을 피우는 수많은 사람 중의 하나로 보였다. 내가 만났던 사람이 고작 그 정도 수준이었다는 것이 허탈했고, 나는 이런 일에 휘말리지 않을 거라 장담했던 자신이 한심스러웠다. 드라마에서나 볼 수 있었던 이야기를 내가 겪었다는 사실에 남을 욕했던 자신을 반성하게 되었다. 나에게도 얼마든지 일어날 수 있는 일이었다. 나는 분노했다. 그를 사랑했고 믿었고, 믿어서 기다려주었는데 기다림의 대가는 밀려오는 배신감뿐이었다. 사과를 받고 싶었다. 전화를 걸어 따져댔다.

처음부터 이혼할 생각도 없으면서 거짓말을 한 것이 아닌지, 당신이 원하는 것은 몸뿐인 거 아닌지 따졌다. 그는 어떻게 사람을 그런 식으로 생각하냐며 절대로 나를 욕구의 대상으로 생각한 것이 아니라는 이야기를 했다. 그날은 내 생각을 정리하지 못해 두서없이 이 말 저 말 쏟아부었다.
언젠가 나는 그에게 "너한테 나는 뭐야? 어떤 존재야?"라고 물은 적이 있었다. 그는 "나랑 결혼할 사람!"이라고 말했다. 나는 그 말을 해준 그가 정말 고마웠다. 그리고 대화 중 자신은 자신이 결혼해서 아내가 있는 유부남이라고 생각해본 적이 없다고 말했다. 그를 쫓아냈던 날, 그가 자기 모습을 착각하고 있음을 알았다. 자신이 결혼해놓고 결혼했다고 생각하지 않는다니 말이 안 되는 이야기였다. 자기 모습을 망각하며 합리화하는 사람으로 느껴졌다. 나는 망상가를 만난 것이었다.

나는 그에게 묻고 싶은 것이 있어 만나자고 연락을 했다. "처음부터 이혼할 수 없을 거라는 것을 알고 거짓말한 거 맞지?" 그때 그가 했던 말은 "그냥 그렇게 시간이 가면 이혼할 줄 알았지!"였다. 처음부터 이혼할 수 없음을 알고 있었고, 거짓말로 나를 잡고 있었다는 뜻이었다. 나를 속이고 내 인생을 낭비하게 만든 것에 분노했다. 적어도 일부러 속인 것이 아니었다고 믿었는데 나는 완전히 속았다. 나한테 미안한 감정은 없는지 물었다. 그가 했던 말은 "나는 알고 일부러 그랬겠냐!"였다. 그날 그의 카톡을 차단했다. 얼마 후 그에게 문자가 왔다. 미안하다는 사과였지만 제대로 보지 않고 차단해버렸다. 이후 화를 삭이지 못해 몇 달을 분노하며 지냈다. 그렇게 잊혀갔다.

내 나이 마흔 살이 되어 그에 대해 다른 감정이 생겼다. 고마워하는 감정이. 이혼하지 않아줘서 고마웠다. 얼마나 외로우면 그런 행동을 했을까 싶었다. 그리고 나는 그를 용서하기로 했다. 또한 그 사람을 만났던 나를 죄인 취급했지만 나 역시 용서

하기로 했다.

　마음이 맞지 않는 누군가와 나도 똑같은 상황에서 생활해야 한다면 나 역시 그와 같은 선택을 하지 않으리라는 보장이 없을 것 같았다. 어쩌면 그의 모습이 내 모습이었을지도 모른다. 그를 이해하게 되었지만 나 자신이 얼마나 큰 잘못을 저질렀는지도 알게 되었다. 한 가정을 파탄 낼 수도 있었다는 생각이 들었다. 나는 그 사람의 말만 듣고 그를 믿었지만, 실상을 파고들면 서로 간의 생각이 다를 수도 있기 때문이다. 그 사람의 아내 말을 나는 들은 적이 없기 때문이다. 그런 생각까지 미치자 인연을 끝내서 다행이라는 생각이 들었다.

　내가 사랑했던 사람들에 대해 나는 잘 알지 못했다. 나는 무엇을 사랑했던 것이었을까? 바닥을 보고 나자 나는 고통스러운 진실을 마주했다.

선택은 누구에게나
어렵다

    손님들 중에는 자신이 만든 디자인으로 장식을 제작할 수 있는지 문의하러 오는 사람들이 있는데, 의뢰로 만들었던 물건 중 가장 골치 아픈 물건을 주문했던 손님이 있었다. 그 손님의 디자인은 복잡하고 사입해야 하는 재료도 많았다. 어떤 자재는 주문한 물건에 비해서 훨씬 많은 수량의 자재를 구매해야 했고, 들어가는 자재 종류도 많았다. 의뢰하는 디자인 가짓수도 20가지가 넘을 때가 있었다. 머리에 쥐가 날 것 같았다.

    가까스로 수량을 늘려서 땜 작업이 완성되면 알 작업을 해야 하는데 유리알에 기스 난 것을 하나하나 골라서 작업해야 했다. 이 손님의 물건이 발주가 들어오면 머리가 아파오기 시작했었다. 원가도 올라갔고 시간도 오래 걸렸다. 하지만 만들고 나면 뿌듯했다. 디자인에 특색이 있었기 때문이다. 손님은 외모가 단정했고 행동이 조신하고 소심했다. 단아한 부잣집 딸로 힘든 일 한번 겪어보지 않았을 것 같은 고운 아가씨로 보였다.

　나는 상품들이 어디로 판매되는지 궁금했다. 자신의 매장에서도 판매하지만, 아는 분을 통해서 단체회원들에게도 판매한다고 했다. 나는 그런 쪽으로 얼마나 많이 판매가 되는 것인지 궁금했다. 그러다 잡지에서 그분의 상품들을 보게 되었다. 장식 협찬도 진행하고 있음을 알았다. 책자를 보며 상품을 만든 나 역시 뿌듯했다. 하루는 그분이 저가로 판매하는 장식이 있는지를 물어왔다. 도매 시장에서 슬리퍼 500개가량을 구매해서 비즈 장식을 달아 인터넷 쇼핑몰 업체에 납품한다고 했다. 나는 재고 장식을 고를 수 있도록 동대문 사무실을 알려주었다.

　손님은 친구와 함께 동대문 사무실에 들러 사장님과 상담했다. 슬리퍼는 주문해놓은 상태이고 슬리퍼가 나오면 사장님이 장식을 부착해서 포장까지 해줄 수 있는지를 물었다. 사장님은 슬리퍼 샘플을 보며 얼마에 구입했는지 물었다. 그러자 12,000원이고 말했다. 사장님은 눈이 휘둥그레졌다. 이렇게 허접한 물건을 왜 그렇게 비싸게 주고 샀는지를 묻자 자신들은 싸게 구입한 줄 알았다며 놀라워했다. 그리고 장식을 부착해서 얼마에 납품하기로 했는지를 물었다. 가격을 듣고 작업비를 얼마를 계산하고 있는지를 물었지만, 그런 것은 별로 생각을 안 한 듯 대답하지 못했다. 사장님이 계산해보니 판매가격 대비 작업비용을 뺄 만한 금액이 되지 않았고, 손님이 가져갈 마진도 너무 적었다.

사장님은 그 가격으로 남는 장사도 아니라고 이야기해주자 자신들은 그 정도 남기면 될 줄 알았다며, 어떻게 해야 할지를 몰라했다. 우선은 주문을 받은 것이니 작업은 해야 했다. 사장님은 자신도 작업이 많이 밀려 있으니 전적으로 그분 물건만 해줄 수는 없고, 남는 시간에 아르바이트하시는 분들께 일부 물건만 만들게 하겠다고 말했다. 대신에 배려해줄테니 사무실로 와서 물건을 만들어서 납품하라고 말해주었다. 그렇게 작업이 들어갔는데 수량이 나오지 않았다.

수량 안 나오는 물건을 붙들고 있는 그분들을 보며 사장님은 답답해했다. 하루는 거래처 사장님이 물건을 사러 왔는데 그분이 만들고 있는 슬리퍼를 거래처 사장님께 보여주며 "이 신발 만들면 원가가 얼마나 나올 것 같아요?"라고 묻자 "한 2,000원 나오려나?"라는 답변을 해주자 물건을 만들고 있던 두 사람은 "그렇게 싸요?"라고 반문했다. 사장님은 그분들에게 두 사람이 속은 거라고 말하자 그분들은 "매장 직원이 너무 친절하게 대접해줘서 가격을 정말 싸게 맞춰준 줄 알았죠!"라고 했다. 사장님은 "신발 구매하기 전에 나한테 먼저 물어보지 그랬어!"라고 했다. 손님은 속상해했지만 어쩔 수 없는 일이었다.

어느 날 저녁 9시가 넘어서까지 작업이 이어지자 그분들은

"돈 벌기 너무 힘들다!"라고 말했다.

완성된 물건을 보면 작업이 간단해 보여도 수작업은 항상 손이 가고 시간이 걸린다. 손님은 막상 자신이 해보니 손이 많이 가고 작업이 끝나지 않자 좀이 쑤시고 괴로워했다. 주문해서 물건만 받아 판매만 했지, 자신이 만들어서 납품하는 것은 처음이었다. 저렇게 약해서 앞으로 괜찮을지가 걱정될 정도였다.

두 사람은 마음은 늘 이상을 향해 있지만 세상 물정 모르는 철부지들 같았다. 하루는 손님의 친구분이 밤늦게 작업을 해야 할 것 같다며 자신이 9시경에 사무실에 도착해서 작업할 수 있도록 열쇠를 달라고 사장님께 요구했다. 사장님은 황당해하며 그럴 수 없다고 말하자 손님의 친구분은 사장님과 제 사이가 이정도밖에 안 되냐며 따졌다. 사장님은 단호하게 내일 오라며 키를 내주지 않았다. 가까스로 작업은 끝이 났다.

그렇게 일이 마무리되었지만, 그분들은 뒷정리도 안 하고 그냥 가버렸다. 포장지와 라벨, 테이프, 휴지, 물, 물티슈 등 작업에 필요했던 용품들을 자신들 사비로 구매했는데 남겨진 용품들을 챙겨가지도 않았다. 돈을 아낄 줄도 모르는 것 같았다. 그분들은 그 후로 오지 않았다. 이후 매장도 폐업한 것 같았다. 하루는 잔량 주문 물건을 택배로 보냈는데 택배사에서 전화가 왔다. 매장이 없어졌다는 것이었다. 그래서 손님에게 전화해서 집으로 물

내면의 자유를 위한 심리 마니보내기

건을 재발송해주었다.

　그리고 6~7개월이 지나 사장님이 종합시장 엘리베이터 앞에서 엘리베이터가 도착하기를 기다리고 있었는데 그 손님을 만나게 되었다. 기운 없이 인사하며 사장님께 말을 걸었는데 자신이 앞으로 어떤 일을 하며 살아야 할지 막막해했다. 사장님은 세상에 할 일이 얼마나 많은지, 직장에 다녀도 돈은 충분히 벌 수 있다고 이야기하자 언니는 "어떻게 그런 일을 해요!"라며 자신은 할 수 없다고 했다. 엘리베이터가 도착해 사장님이 타려고 하자 언니는 어떤 말이라도 더 듣고 싶어 사장님을 잡으려고 하는 것 같았다고 한다. 하지만 사장님은 엘리베이터를 타야 했다. 작별 인사를 하기 위해 언니를 보았을 때, 애잔한 눈빛으로 사장님을 바라보았고, 마지못해 인사를 건넸다.

　사장님은 그 언니가 한 번도 직장생활을 해보지 못한 사람 같다고 했다. 나이도 젊은데 안타까워하셨다. 자존심만 내려놓으면 할 일이 많은데 눈이 높아서 다른 일은 성에 차지 않는 것 같다고 하셨다. 나이만 먹었지, 직장생활 한번 안 해본 경험 없는 사람 같았다. 그러다 보니 혼자 힘으로 사회에 나가는 것을 두려워하는 것 같았다. 몸 쓰는 일을 해본 적도, 고생을 해본 적도 없고 남들보기에 번듯해 보이는 직업만 꿈꾸다 보니 다른 일자리는 눈에 차지도 않는 듯했다.

나름 자신이 만든 브랜드로 디자인을 팔고 자신의 상품을 업체에 협찬해주며 자부심을 품었지만, 발주가 뜸해지고 매장도 정리되자 자신감도 떨어진 것 같았다. 그렇게 폐업하자 무엇을 해야 할지 몰라 전전긍긍하는 것 같았다. 한 발짝만 내디딜 용기가 있으면 그 한 발짝으로 인해 길이 열릴 텐데 말이다. 어떤 일을 하든 저마다 경험을 하게 되기 때문에 교수를 하든 공장에서 일하든 그곳에서 얻은 것만 가져가면 된다. 그분은 체면을 중시하고 자신이 알지 못하는 세계에 대해 너무 두려워했다. 나는 자존심 때문에 남들 다하는 일을 못 하고 외면하면서 힘든 시간을 보내는 사람들을 주위에서 여럿 보아왔다. 나도 자존심을 내세울 때가 있었기 때문에 그들을 이해한다.

　자존심을 내세우다가 결국 궁지에 몰릴 때까지 몰리고 나면 어쩔 수 없이 자존심을 내려놓게 된다. 자존심을 내려놓는 것 자체가 용기라 생각한다. 그마저도 안 하는 사람들도 있다. 자존심을 내려놓는 데까지 시간은 걸린다. 하지만 나를 내려놓고 일을 시작하게 되면 왜 진작에 이 일을 안 했을까 생각하게 된다. 겸손함을 배우는 순간이 온다. 그리고 감사하게 된다. 그때는 하찮게 여겼지만, 지금이라도 일을 할 수 있음에 감사하게 된다. 처음 하는 일은 모두 두렵다. 선택의 순간이 오고 선택의 기로에 서면 앞이 보이지 않고 앞날이 어떻게 펼쳐질지 걱정되어 두렵고 막막하다. 하지만 막상 시작하면 별일 아니다.

내가 내 집을 처음으로 구매했을 때 그 기쁨은 말로 다 할 수 없었다. 내 집에 들어와 살면서 앞으로는 힘든 일 없이 살 것이고, 편안한 삶만이 나를 기다리고 있을 것이라 생각했다. 하지만 시간이 흐르고 어느 시점이 되면서 편안하기만 한 삶, 아무것도 일어날 것 없는 삶이 이어지자 이 삶이 끝이 난 것 같은, 무언가 더는 찾을 것이 없는 삶에 무력감을 느꼈다. 힘든 시간을 거쳐 암담한 터널을 지나오고 안정이 되었을 때는 그냥 하나의 단계를 거쳐온 것이고, 삶은 계속 이어진다. 바로 다음 단계의 진입을 알리는 것일 뿐, 삶은 멈춘 적이 없고 다음 단계의 삶이 기다리고 있는 것이어서 그것이 끝이 아니다. 멈추어진 것을 알았고, 어디로 가야 할지 알게 되었음에도 그곳에 머물기를 선택한다면 고인 물이 썩듯이 자신을 썩어가게 하는 것이다.

그동안의 내 인생은 사람에게 의존하고 정을 바라고 인간관계에서 답을 찾으려 했었다. 나는 의존형 인간이었다. 그 의존에서 벗어날 결심을 하기까지 참으로 오랜 시간이 걸렸다. 나는 홀로 서야 했다. 그대로 편하게 살 수 있는 선택의 여지는 있었다. 하지만 그 선택을 거부했고, 선택에 대한 책임과 대가는 항상 따라온다. 힘들다는 생각이 들 때마다 과거에 살았던 삶을 그리워했다. 하지만 다시 돌아간다고 해도 그때의 선택을 바꾸지는 못할 것 같다. 앞날을 알 수 없는 미지의 세계에 발을 들여놓을 때는 누구나 두렵다. 발을 들여놓는 순간 기존에 익숙했던 세상은 사라지고 앞을 알 수 없는 채로 헤쳐나가야만 하는 순간순간이 때로는 버겁게 느껴진다. 선택은 누구에게나 어렵고 힘들고 두렵다. 누군들 다르겠는가! 두렵다고 해도 우리는 앞으로 나아가며 살아야 한다. 그러면 언젠가 쉴 수 있는 때가 온다. 한 걸음만 용기를 낸다면 과거에 용기 없고 겁쟁이였던 자신을 회상하며 성숙한 자신을 바라볼 수 있는 날이 반드시 온다.

07   모든 것은
지나간다

나는 성수동에서 매장을 운영했다. 사장님도 성수동에 분점을 차렸고 1년 정도가 지날 때쯤에 내 매장을 정리해 사장님의 분점으로 가서 일했다. 내 매장에서 같이 일하던 Y라는 언니가 있었는데, 매장을 접을 때쯤에 무척 친해져서 사장님 매장에서 함께 일하게 되었다. 그 언니와는 서로를 배려하는 부분이 같아서 잘 지냈고 언니는 가정에서 있었던 일, 시어머니와 시누 이야기를 하며 수다를 떠는 것을 즐겼다.

하지만 좋은 사이도 어떤 계기로 인해 진짜 관계가 드러나게 된다. 성수동 매장 매출이 줄어들면서 나는 다른 분점인 동대문 상가로 옮기게 되었고 그곳에서 일하면서도 언니와 전화로 수다를 떨었는데, 어느 순간 언니가 직장에 대한 불만을 토로했고 그런 불만은 내가 사장님께 은근슬쩍 이야기하면 언니의 요구가 받아들여졌었다. 언니는 자신의 요구가 받아들여지는 것을 고마워했다. 그런데 성수동 매출이 점점 줄어들며 토요일에 매장 영업을 하지 않게 되자 언니는 토요일에만 본사인 동대문 작업장으로 출근하게 되었다. 토요일에 출근하는 자신을 보며 남편이 "주5일제 안 하는 그런 회사, 신고해버리면 된다!"라는 말을 했다며 불만을 드러냈을 때, 나는 화가 나기 시작했다. 언니는 늦은 시간까지 일하는 나에게 수고하고 고생한다고 말했지만, 정작 자신만 편하기를 바라는 것 같았다.

언니의 불만이 이어지자 나는 하는 수 없이 사장에게 언니의 주5일 근무를 이야기했다. 사장님은 화를 냈다. 당시에는 사장님이 Y언니와 나의 4대 보험을 전액 지원해주고 있었는데, 그런 지원에 대한 고마움은 없을 뿐만 아니라 그 이후에도 계속 사소한 요구사항을 들어주었음에도 이번에는 다른 직원들은 6일을 일하는데 혼자 5일 일하기를 바라자 짜증을 내기 시작했다. 말을 전하는 나는 무척 난감해졌다. 그런 와중에도 언니의 불만은 이어졌다. 자신이 얼마나 힘이 드는지 매일같이 전화해서 내게 불만을 토로하자 참을 수가 없어 대화하다가 울컥 화를 내게 되었다. 이후로는 통화를 하지 않았다. 성수동 매장은 급격히 매출이 줄어들어 폐업이 결정되었고 언니는 퇴사하게 되었다. 언니와 싸운 후 단 한 번도 전화하지도 만나지도 않았지만 당시, 같은 회사에서 일하면서 어색함은 견디기가 힘이 들었다.

나는 작업장 동료들에게 따돌림을 당한 적이 있었다. 부장님이 나를 싫어했는데 자신을 상급자 대우하지 않는다는 이유였다. 언젠가는 사장님이 일할 디자이너가 필요하다고 해서 남자 디자이너를 사장님께 소개한 적이 있었는데, 부장님은 자신을 통하지 않고 채용했다며 불만을 드러내셨다. 나는 그 상황을 어찌할지를 몰랐다. 내가 맡은 매장의 영업이 끝나 본사에 들릴 때 부장님이 일찍 퇴근하시면 주로 사장님과 단둘이 이야기할 때가 많아 부장님을 거치지 않게 되었고, 사장님 지시로 일을 처리해야 하는 부분도 많아 매번 보고할 사항도 아니었는데, 그런 일들이 쌓여 나를 안 좋아하셨다.

실장님과도 사이가 그리 좋지는 않았다. 주로 일하는 방식이 맞지 않았다. C언니도 나를 별로 좋아하지 않았는데, 회사에서 거의 살다시피 하는 나를 사장님이 신임하자 질투했던 것 같았다. 게다가 내가 눈치가 없어서 사람들이 나를 왜 싫어하는지 이유를 알지 못한 부분도 있었다. 더 잘하려고 한 것인데, 잘하면 할수록 더 따돌림을 받았다. 한번은 회사에서 야유회를 갔을 때의 일이다. 당시 소규모 사업장에는 해당하는 내용이 아니었는데 부장님은 무슨 생각이셨는지 주5일제를 하지 않으면 법적으로 문제가 된다는 이야기를 사장님께 했다. 야유회가 끝나 출근하니, 웬일로 이른 출근을 하신 사장님을 보았고 사장님의 기분이 안 좋아 보여서 이유를 물으니 부장님이 주5일제를 해야 하는 것 아니냐고 해서였다.

부장님과 실장님은 사장님의 친구분이어서 월급을 제외하고 일 년에 한 번 성과급을 받고 계셨다. 그런데 자신들이 받는 돈은 생각을 안 하고 주5일 근무를 하지 않으면 신고당할 수 있다는 말을 듣자 무척이나 기분이 안 좋으신 것이었다. 사장님은 나름대로 대우를 해준다고 생각했는데 자신이 신고를 당할 정도로 악덕 업주냐며 화가 풀리지 않는다고 말했다. 다음 날 내가 출근을 했을 때 나는 모든 동료가 나를 째려보는 것을 느꼈다. 동료들이 모두 모인 자리에서 부장님은 단도직입적으로 말하겠다며 내게 물었다. "내가 언제 주5일제 이야기를 했어? 나는 그런 이야기를 한 적이 없는데, 혜임 씨가 말해놓고 왜 나한테 뒤집어씌우는 거야?"라며 나에게 화를 냈다. 나는 어안이 벙벙했다. 모든 동료들이 부장님과 나를 주시했고 분위기는 삭막했다.

그 분위기에서 어찌할 바를 모르겠어서 미안하다고 사과하고 황급히 나와서 나의 근무지로 갔다. 나는 눈물이 나서 일을 제대로 할 수가 없었다. 이후 사장님이 출근해서 부장님과 이야기를 했고, 사장님은 이 상황을 황당해했다. "분명히 부장님 입으로 말해놓고 혜임이가 말했다고 뒤집어씌워? 나를 바보로 보냐?"라며 부장님께 크게 화를 냈다. 상황을 들으니 C언니가 원하는 바를 부장님께 바람을 놓아 은근슬쩍 흘려 자신이 원하는 바를 실현시키려고 하는 것 같았고, 순진한 부장님은 그 분위기에 휩쓸려 언니의 요구를 자기 생각인 양 사장님께 말한 것 같다. 부장님은 사장님이 화를 내자 발뺌할 방법을 생각하신 것인지, 나에게 뒤집어씌운 것이었다. 그 말을 듣고 나는 억울했지만, 그냥 넘겼다. 가뜩이나 기분도 안 좋은 사람들 무안하게 만들 것 같아 그 일은 그냥 지나가기로 했지만, 나에게 사과하는 사람은 없었다. 이후에 부장님의 권유로 격주 5일제를 하기로 결정되었을 때 나에게는 해당 사항이 없이 다른 동료들에게 적용되었다. 이에 사장님께 불만을 이야기하며 6일을 일해야 하는 나는 월급을 올려달라 했다.

그런데 동료들 입에서 나오는 말이 나를 황당하게 했다. "혜임 씨는 가만히 있다가 갑자기 왜 그러는 거에요?"라며 불만 없이 밤낮으로 일만 하는 나를 보고 동료들은 내가 일을 좋아서 하는 줄 알았던 모양이다. 이 일에 대한 책임은 주5일제를 주장한 부장님께 화살이 돌아가게 되었고, 나와 부장님과의 사이는 더 안 좋아졌다. 이후에 내가 주문한 물건을 잘 처리해주지 않으셨는데, 한번은 수출업체 물건의 작업 날짜를 맞춰줘야 함에도 물건을 해주지 않아 겨우겨우 날짜를 다시 잡으며 재차 납품 날짜를 확인했다. 하지만 그 날짜가 되어 부장님께 전화했을 때 그 납품 건을 왜 자신에게 물어보냐며 사장님께 전화하라는 것이었다. 황당했지만 지시대로 사장님에게 전화하니 부장님께 물어보라는 말을 듣자 나는 사장님에게 화를 냈다. 그날 회사는 쑥대밭이 되었고 그 덕분에 물건을 납품할 수 있었다.

C언니는 회사에서 인기가 좋았다. 부장님과도 친밀했고 동료

중에 그 언니를 싫어하는 사람들이 없었다. 나도 그 언니를 좋아했다. 하지만 화영이는 그 언니가 여우 같다고 싫어했다. 한번은 부장님이 손이 베인 적이 있었는데 그것을 보고 C언니가 바로 약국에 달려가 대일밴드를 사 와서 부장님께 붙여준 적이 있었다며 일하는 와중에 갑자기 약국까지 달려가서 대일밴드를 사 오는 이유가 무엇일 것 같냐며 말했다. 나는 화영이의 말을 그냥 흘려들었다. 얼마 후 화영이는 회사를 그만두었다. 사장님과도 맞지 않았고 오래 일할 만한 성격이 못되었다. 이후 부장님과 실장님이 차례대로 그만두셨다.

실장님은 개인 식당을 한다는 이유로 근무 태만을 보이더니 스스로 그만두셨고, 부장님은 점점 자신의 입지가 좁아지자 그만두셨다. 이후 남자 직원이 그만두고, C언니는 월급 협상이 이루어지지 않자 퇴사했고 다른 직원들도 모두 퇴사해 결국 중국 동료 두 사람과 내가 남게 되었다. 나는 동료들과 여러 마찰을 겪으며 감정의 골이 깊어졌을 때는 퇴사를 여러번 결심했다. 당시에는 그 시간이 안 끝날 것 같았고 상황도 안 변할 것 같았다.

하지만 어느 시점에 이르면 주위 상황이 바뀌고 개인의 상황이 바뀐다. 회사에서 내가 짤릴 대상 1순위라는 생각이 들어 다른 일자리를 알아본 적도 있었다. 사장님에게 나의 험담을 하며 똘똘 뭉쳐서 뜻을 같이하는 그들을 보며 나의 자리는 없는 듯했고 지옥에 사는 기분이었다. 하지만 모든 것이 거짓말처럼 지나

가 버렸다. 동료들이 떠나가고 매장도 축소되어 동대문 사무실
을 정리할 때 나는 덧없음을 느꼈다. 모든 것이 하룻밤 꿈처럼
찰나의 기억으로 사라져감을 느꼈다.

너무 애쓸 필요 없다

2022년 코로나가 끝나도 매출은 형편없었다. 신상 물건을 찾는 손님이 거의 없었다. 거래처의 주문금액은 반의반 토막이 났다. 폐업하는 업체도 있었고, 유지는 하되 투잡을 뛰며 소소하게 인터넷 판매를 이어가는 거래처도 있었다. 신제품을 만들어도 판매가 되지 않아 어느 순간 신제품을 중단했다. 종합상가 내의 상가들은 하나둘씩 비어갔다. 예전의 활기는 사라지고 인건비 정도만 벌어가거나 적자를 카드로 돌려가며 겨우겨우 연명하는 매장도 있었다.

사장님의 매장도 다르지 않는데, 이런 상황에서 언제까지 매장만 지킬지 그저 답답했다. 내가 매출 걱정을 하면 사장님은 유지할 능력은 있으니 걱정할 것 없다는 식이었다. 매출이 적자여도 사장님은 매장을 접을 생각이 전혀 없어 보였다. 일은 편

할지 몰라도 변화 없이 시간만 보내는 삶이 지속되자 무료했고 썩어가는 느낌마저 들었다. 이런 상황이 반복되면 언젠가는 매장을 접어야 될 것이라는 생각이 들었다.

어느 날은 돈이라도 좀 더 벌어 미래를 대비하는 것이 낫겠다는 생각이 들었다. 그때가 주식 열풍이 불었을 때였는데, 주식을 몇 주 사면서 갑자기 욕심이 생기기 시작했다. 그래서 저녁에 격일이라도 아르바이트를 하기로 결심했다. 시간을 아끼기 위해서 근거리 아르바이트를 알아보던 중 식당 아르바이트 자리가 눈에 띄었다. 한번 해볼까 싶어 바로 전화를 걸어 이력서를 들고 방문했다.

양꼬치 집이었는데 사장은 30대 남자였다. 대학가 근처라 아르바이트생들 대부분 학생이었는데 나이가 많은 나를 보고는 좀 걱정하는 듯했지만, 우선 써보기로 했는지 주말부터 출근하라고 했다. 주3일 저녁 4시간씩 일하게 되었다. 7시부터 11시까지였다. 나는 식당이어서 설거지를 해야 할 줄 알았는데 물이 가득 채워진 큰 싱크대에 빈 접시와 그릇들을 담아놓으면 저절로 식기가 세척되었다. 내가 하는 일은 서빙이었다. 주로 8시부터 일이 바빠졌는데, 한가한 7시쯤에는 멀뚱히 서 있는 것이 쑥스러웠다. 그냥 서 있기가 뭐해서 냉장고 문의 얼룩을 지우고 출입문의 유리문을 닦아대며 계속 움직였다. 그러다 손님이 오기 시작하는 8시부터는 본격적으로 정신없이 움직여야 했다. 손님이 들어오면 먼저 숯불을 가져다주고 주문한 꼬치에 양념을 발라 날라주고 컵을 챙기고 주류를 가져다주었다. 꼬치가 떨어지면 대형냉장고에서 꺼내어 진열 선반에 올려놓고 손님이 자리를 비우면 탁자를 치웠다.

하루는 처음 보는 할머니가 일을 어떻게 해야 하는지 설명해 주셨는데 그분의 설명이 내 귀에 들어오지 않았다. 그저 누구인지가 궁금했다. 그분은 사장의 어머니였다. 주말에는 아르바이트생이 두 명이었고 평일은 한 사람이었다. 그날은 주말이었기 때문에 나와 함께 일하는 여자애가 있었다. 사장의 어머니는 같이 일하는 여자애의 동작이 느리자 그 애를 대상으로 이것저것 참견하셨다. 손님이 빠져나간 테이블을 정리하고 있을 때 그렇게 하면 안 된다며 "쟁반을 가지고 가서 치워라", "행주질은 이 방향으로 해라!"라고 말하더니, 그 애에게 손님 주문을 받지 말라고 지시한 후 나에게 받으라고 하셨다. 본인 판단으로는 행동을 빨리하는 사람이 주문받는 것이 효율적이라 생각했던 것 같다. 하지만 한 사람이 주문을 받기에는 손님이 너무 많았다. 그분을 지켜보며 속으로 좀 극성이시다 생각했다. 그분은 내가 빠르게 움직이는 모습을 보고 잘한다고 칭찬했지만, 그것마저도 극성으로 보였다. 자기 아들 매장에 보탬이 되어 좋아하시는 것 같았다. 그렇게 4시간을 채우고 집에 도착하면 너무 피곤해서 정신이 멍했다. 고양이 밥을 주고 청소하고 대충 씻고 쓰러져 잠을 잤다.

그렇게 일주일 정도 일했을 때 아르바이트한다는 사실을 숨기는 것이 마음에 걸려 사장님께 말했다. 그리고 매출이 줄어들었으니 근무시간을 줄이고 나의 월급도 줄여서 유지비를 절약하는 것이 어떠한지 물었다. 사장님은 무척이나 기분 나빠 하셨다. 다른 일을 병행하며 본인의 일을 하는 것을 용납하지 못하셨다. 사업체가 다 그렇듯이 다른 일을 병행하게 되면 직원들은 일에 집중을 못 한다. 다른 일을 병행하며 일했던 사람 중에 일하는 중에 졸다가 오래가지 않아 그만둔 사람도 있었다.

사장님은 둘 중 하나를 선택하라 요구했다. 나의 경우는 좀 다르게 받아들이실 줄 알았지만 아니었다. 내심 식당 일이 힘들기도 해서 아르바이트를 그만두기로 했다. 아르바이트 식당에 출근해서 사장에게 다른 사람을 구할 때까지 일하겠다고 말하고 미안하다고 사과했다. 다음 날, 젊은 사장이 학생들이 시험 기간이라 일할 사람이 필요하니 돌아오는 수요일에 나와달라고 말했다. 그래서 약속한 수요일 출근을 했는데 아르바이트생이 있었다. 나는 이게 어떻게 된 일인지 몰라 그냥 집으로 돌아가야 할지 우물쭈물하고 있는데, 아르바이트생이 먼저 일할 사람이 있으면 그냥 가겠다며 가버렸다. 젊은 사장은 나에게 요청한 사실을 잊어버린 것이었다.

그날 그냥 집으로 발길을 돌렸어야 했다. 기분이 좋지 않은 상태로 일했다. 손님이 북적대는 시간이 지나고 잠시 한가한 시간이 되자 무엇을 해야 할지 몰라 휴지로 기름 떨어진 것을 닦고 있는데 별안간 사장 어머니가 나에게 달려들어 내 손을 낚아채 며 그런 짓 좀 하지 말라며 호통을 쳤다. 나는 순간 기분이 상했 다. 내가 무엇을 잘못했는지 알 수도 없었다. 그분은 불필요한 행동을 하는 것이 마음에 안 들었던 것이다. 그러고 나서 이유 없이 화를 낸 것이 마음 쓰이셨는지 주저리주저리 뭐가 문제였 는지 내게 이야기했지만, 귀에 들어오지 않았다. 그날 일을 마치 고 집에 가면서 더는 일할 수 없겠다는 생각이 들었다. 일할 사 람이 없을까 봐 걱정했지만 일할 사람이 있었고, 사장 할머니의 억척스러움에 마음이 상했다. 집에 도착해 그만두겠다는 문자 를 보내고 다음 날 유니폼을 택배로 보내주었다.

그렇게 일주일인가 지나서 아르바이트비가 입금되었다. 32 만 원이었다. 일한 기간은 3주였지만 몇 달을 일한 것처럼 힘들 고 시간도 안 갔다. 돈 벌기가 힘들다는 생각이 들었다. 그곳에 서 나름대로 열심히 한다고 해도 극성을 견뎌야 하는 것이 힘 이 들었고, 일할 사람이 없다며 출근할 것을 요청해놓고 시간 내서 방문한 사람한테 미안하다는 말도 없이 까먹었다는 말로 넘어가는 젊은 사장도 기분이 나빴다. 나름 성의 있게 일하려고 15~20분씩 일찍 가서 일하고, 한가한 시간에는 냉장고나 창문 을 닦았다. 처음 아르바이트를 한 날 저녁, 퇴근하며 젊은 사장 에게 "내일은 좀 일찍 올게요!"라고 말했을 때 사장은 "그렇게 안 하셔도 돼요!"라고 했다. 그래도 성의껏 해야 한다는 관념이

내면의 사유를 위한 장자 따라 몸내기

있어 일찍 출근했다.

내가 20대 때는 열심히 해야 혼나지 않고 계속 일할 수 있었다. 하지만 지금은 정해진 시간까지만 일하고 더 일해주기를 바라지 않는다는 것을 깨달았다. 시대가 변했음을 느꼈다. 열심히 하는 것이 중요한 것이 아니라, 서로 간에 맞는지가 더 중요한 것이었다. 더 일해준다고 해서 고마워하지 않았다. 오히려 부담스러워하는 것 같았다. 너무 애쓸 필요가 없었던 것이다.

18살 때부터 20대 초까지 패스트푸드점과 주유소에서 아르바이트를 했다. 나는 동료들이 하기 싫어하는 청소나 허드렛일을 마다하지 않았다. 알아서 쓸고 닦고 틈나는 대로 움직여서 일했다. 아르바이트뿐만 아니라 장식 일을 할 때도 마찬가지였다. 그렇게 해야 하는 줄 알았다. 나는 남들이 시키지도 않은 일을 할 때가 많았다. 내 일이 아닌데도 동료 언니들의 컵을 씻어놓곤 했는데, 한번은 물을 아껴가며 씻느라 컵을 늦게 가져다주었을 때 고맙다는 말 대신 왜 이렇게 늦게 씻어왔냐는 핀잔을 들은 적이 있었다. 그 뒤로 동료 언니들의 컵을 씻어놓지 않았는데, 내가 안 해도 알아서들 씻어서 잘 사용했다.

나는 매장 매출이 줄어드는 것을 걱정했다. 하지만 다른 동료들은 무척 태평하고 즐겁게 일하는 듯했다. 매출 걱정을 하는 사람은 나 혼자뿐이었다. 품목을 다양화해보려고 귀걸이나 목걸

이류로 디자인을 늘리는 것을 생각해 부장님과 사장님과 상의했을 때 내가 들은 말은 "알아서 해!"였다. 그런데 알아서 하고 나서 발생하는 문제에 대한 책임은 모두 내 몫이었다. 한번은 외국 손님에게 돈을 받아야 해서 해외 입금을 받던 중 뭐가 잘못된 것인지 사장님 카드에서 10만 원가량이 빠져나간 적이 있었다. 사장님은 내게 화를 냈다. 나는 시무룩해 있었다. 내 모습을 본 사장님은 화를 가라앉히려 하는 것 같았지만 여전히 화가 나 있는 상태였다. 그 10만 원은 다시 환불되어 돌아왔다.

나는 사장님께 "사장님은 다른 동료들한테는 호의적으로 대하시는 것 같은데 노력하는 저한테는 냉정하신 것 같아요!"라고 말했다. 하지만 사장님은 별로 대수롭지 않아 하며 그 일을 지나쳤다. 그 일이 있고 나서 일을 열심히 하지 않았다. 열심히 해도, 열심히 하지 않아도 매출은 줄어들었다. 너무 애쓸 필요 없음을 느꼈다. 지금은 몸으로 애쓰는 것이 아니라 참신한 아이디어를 필요로 하는 시대라는 생각이 들었다.

내면의 자유를 위한
상처 떠나보내기

01

지금의 내 모습으로도
괜찮다

내가 20대 때 부모님은 하숙집을 하시며 작은 슈퍼를 운영하셨다. 나는 아르바이트가 끝나면 부모님을 도와 슈퍼를 봤다. 하루는 어떤 손님이 나를 보며 "여기 사장님 따님이시구나. 그 대학교 다닌다는 따님 맞죠?"라고 물어왔다. 내가 "저는 대학교 안 다니는데요"라고 말하자, "그러면 둘째 따님이신가요?"라고 물었다. 나는 "아니요, 첫째인데요!"라고 말했고, 손님은 뻘쭘해하며 가게를 나갔다.

나는 부모님이 거짓말한 것을 알았다. 당시에는 주유소 아르바이트를 하며 의상학원에 다니고 있었는데 상고를 졸업해서 아르바이트하고 있는 나의 모습이 창피하셨던 모양이었다. 그렇다고 대학을 보내줄 형편도, 마음도 없는 분들이 자격지심에 나를 대학생으로 둔갑시켜서 자신들의 자존심을 지키신 것이었다. 오빠는 TV에 나오는 연예인들에 관심이 많았고 유행하는 패션이나 머리 스타일들을 따라 하며 멋있어지고 싶어 했다.

오빠는 나를 항상 창피해했다. 길거리에 나가면 멋지고 화려한 여자들이 화장하고 향수를 뿌리며 한껏 멋을 부리는데, 나는 화장을 거의 안 하고 운동화만 신고 다니니 자신의 취향에 안 맞았던 것이다. 그러면서 "너도 화장도 하고 향수도 좀 뿌리고 다녀!"라며 나에게 핀잔을 주었다. 그런데 나는 외모에는 관심이 없었다.

나는 어떻게 살아야 할지 어떤 일을 해야 할지 고민이 많았다. 그리고 생각 없이 사는 것 같아 철학서들을 읽으며 20살을 보내고 있었다. 부모님과 오빠는 닮은 부분이 많았다. 인맥을 중시하고 성공하려면 연줄을 잘 만나야 한다고 생각했다. 그리고 잘 꾸미고 다녀야 연줄을 잘 만날 수 있다고 여겼다. 오빠는 나를 내 모습 그대로 좋아하지 않았다. 가족들은 외모로 사람을 판단할 때가 많았고, 스펙이 화려한 사람들을 좋아했다. 또한, 있어 보이는 사람을 대단하게 생각했다. 나는 그런 가족들이 이해가 안 갔고 가족들의 기대에 어느 것 하나 충족하지 못하는 나를 못난 인간으로 여기는 것 같아 나에게 문제가 있고, 나 스스로 못났다고 여기게 되었다.

고등학교 3학년 때 같이 무리 지어 놀러 다녔던 친구가 세 명 있었다. 그중 두 친구는 결혼했고, 한 친구는 미혼이다. 다른 친구들과는 연락을 끊었지만, 미혼인 친구는 지금까지도 연락한다. 그 친구는 결혼한 두 친구를 가끔 만났고, 만나고 나서는 두 친구의 안부를 내게 종종 이야기해주었다.

그중 경민이라는 친구 이야기를 자주 했다. 그 친구는 가족들과 우애가 두터웠고 집안 형편도 꽤 괜찮았다. 친구가 결혼할 때 결혼식은 참석했지만, 이후에 만난 적은 없다. 친구는 지인의 소개로 남편을 만났는데 남편은 집안이 꽤 부유하고 성품도 좋았다. 친구는 아들 둘을 낳았다. 남자 쪽 집안에서는 손주 두 명 모두 아들들이 태어나서 기뻐했다. 경민이의 남편은 금요일 근무를 마치고 경민이에게 주말에 아이들 데리고 캠핑을 갈 것이니 주말 동안에 하고 싶은 일을 하며 쉬라고 했다. 대부분 남편은 직장이 끝나면 집에서 쉬고 싶어 하지, 아내 없이 아이들을 데리고 손수 나서서 캠핑을 가려고 하지 않는데 경민이는 참 좋은 남편을 만났다.

그런 경민이 이야기를 들으며 나는 자격지심을 느꼈었다. 나는 고3 때 경민이와 의상학원에 함께 다녔다. 나는 의상학원에 다닐 생각이 없었는데 경민이가 우리 집 근처 의상학원을 다니겠다며 나와 동행할 것을 청했다. 같이 가게 된 학원에서 나는 얼떨결에 경민이를 따라 수강 등록을 했다. 경민이는 한 달도 못 채우고 그만두었지만 나는 이후에 몇 달을 더 다니다가 그만두었다. 나는 경민이가 결혼하고 나서 만날 생각을 해보지 못했다. 친구가 전해주는 경민이 소식을 들으며 그저 잘살고 있으려니 생각만 할 뿐이었다.

그러다 하루는 친구가 경민이를 만날 생각이 없는지를 물었다. 나는 별로 만나고 싶지 않다고 말했다. 얼마 지나지 않아 친구가 경민이를 만날 생각이 없냐고 재차 물어 나는 친구가 의아하기도 하고 짜증이 났다. "야! 나는 아무것도 없어! 결혼도 못 했고 장사도 망했고! 걔는 잘사는데 나는 뭐냐고! 나는 경민이처럼 살 수도 없고, 나는 걔보다 못살아! 괜히 자격지심만 생겨!"라고 말했다. 문득 예전에 친구들을 만났을 때 앞으로 잘살 것처럼, 내가 뭐라도 된 양 잘난 것처럼 말하고 다녔던 것이 생각났다. 나는 그렇게 말해놓고 모든 것에 실패한 사람이 된 스스로를 부끄럽게 생각했다. 나는 내 초라한 모습을 확인하게 될까 봐 친구를 마주하기 두려웠던 것 같다.

내 말을 들은 친구는 경민이가 나를 만나고 싶어 한다는 이야기를 해주었다. 그러면서 "내가 너한테 어떻게 전달했는지 모르겠지만, 경민이는 그저 고등학교 때 너랑 친했다고, 만나고 싶어 하는 것뿐이야!"라고 말했다. 나는 의아했다. 내 기억으로 우리는 친하지 않았기 때문이다. 단둘이 만난 적이 몇 번 있기는 했지만, 나는 친하다고 여긴 적이 없었다. 그런데 경민이가 나랑 친했었다니! 나와 그 친구는 서로 다른 기억을 가지고 있었다. 내심 나 같은 사람을 만나고 싶어 하는 존재가 있다는 사실이 의아했다.

큰집 막내 언니는 부유한 집으로 시집을 갔다. 내가 형부를 처음 만났던 것은 초등학교 시절 제삿날 큰집에 고종사촌 여동생과 내 동생과 같이 방문했을 때였다. 동생들과 아이스크림을 사고 큰집으로 들어가려고 할 때 막내 언니가 어떤 잘생긴 남자와 공원 모퉁이에 쭈그리고 앉아 이야기하고 있는 것을 보았다. 하지만 둘이 이야기하는 것을 방해하는 것 같아서 모른 척하고 지나가려고 했다. 그때 언니가 우리 셋을 발견하고는 우리를 불렀다. 아이스크림 사온 것을 보고는 하나를 뺏어 남자에게 건네려 했지만 남자는 괜찮다며 받지 않았고, 우리는 큰엄마께 갔다.

당시 나는 언니의 남자 친구인가 보다 생각했다. 그 남자가 형부 될 사람이었다. 내가 40살이 되었을 때 큰집에서 전화가 왔다. 나는 전화를 받지 않았다. 집안 사람들과 연을 끊었고 엮이고 싶지 않아 친척들에게서 오는 모든 전화를 받지 않았다. 전화가 끊기고 또 한 번 전화벨이 울렸을 때 받아야 할지 망설이다가 전화를 받았다. 큰집 첫째 언니였다. 큰아버지가 돌아가셨다고 이야기했다. 나는 급하게 장례식장을 찾아갔다. 오랜만에 언니들과 형부들, 조카들을 만나자 너무 반가웠다. 집에 돌아가려 할 때 막내 언니와 형부가 집 근처까지 바래다주겠다며 같이 가자고 했다. 이동하던 중 언니는 복권당첨금을 받은 주위 사람이야기를 했다. 자신도 당첨되면 좋겠다고 말했을 때, 나는 "언니, 세상에 공짜는 없대요! 그 사람은 그 사람이 겪어야 할 일이 있을 거예요!"라고 말했다.

저마다 과정이 있고 그 사람의 사정을 제삼자는 알 수 없다. 우리는 우리 삶을 살면 된다고 이야기했을 때 언니는 "복권 사는 데 시간과 돈을 썼는데 그게 왜 공짜야!"라고 말했다. 형부는 "그게 그렇지 않아요! 그 사람은 그 사람이야!"라며 나의 말에 호응해주었다. 잠깐 동안의 대화였지만, 나는 형부와 대화가 통한다고 느꼈다. 그렇게 헤어지고 명절 때 형부를 다시 만났다. 형부는 나를 무척 반겨주었다. 첫째 언니 아들인 조카 내외와 막내 언니와 형부, 나까지 우리 다섯 명은 큰집을 나와 카페에 들어갔다.

언니는 조카 내외에게 서로 불만이 있으면 그때그때 풀어야 한다며, 꽁하지 말고 말해야 한다고 조언해주었다. 나는 조카의 안사람 표정을 보았다. 언니의 말을 알아들었지만, 수긍하지 못하는 표정이었다. 그 표정을 보고 나는 "남편이 '울지만 말고 말을 해! 말을!'이라고 했을 때 아내가 '말이 안 나오니까 울지!'"라고 말하는 상황이 아닐지 예를 들어 말해주었다. 조카의 아내는 맞다고 말했다. 화가 나면 말이 안 나온다는 것이다. 언니는 그런 상황이 이해가 안 간다며, 어떻게 불만이 있는데 말이 안 나올 수 있는지 의아해했다. 형부는 나의 말에 수긍해주셨고 좀 더 대화하고 싶어 하셨다. 이후에 형부를 제삿날 한두 번 정도 만났는데, 늘 나를 반겨주시며 뭐든 이야기하고 싶어 하셨다.

나는 형부가 좋았다. 막내 언니는 형부와 내가 잘 맞는 것 같다고 말했다. 하지만 언제부터인가 큰집에 가지 않았다. 나는 나를 반겨주었던 형부에게 감사해하고 있다. 가족에게 인정받지 못한 사람이었지만, 그래도 나를 좋아해주는 사람이 있다는 것이 고마웠다. 언니들도 나를 반겨주고 좋아해주어서 고맙다. 고등학교 친구인 경민이에게도 고마움을 느낀다. 아무도 나를 보고 싶어 하지 않을 줄 알았는데, 누군가 나를 만나고 싶어 한다는 사실에 잠시 기쁘면서도 의아했다. 가족들이 나를 향해 바뀌어야 할 존재, 못나고 못생기고 멋스럽지 못한 사람으로 낙인찍었지만 나를 좋아해주는 사람이 있다는 사실을 알게 되었던 순간이었다. 그리고 내 모습으로도 괜찮다는 사실을 알게 되었다.

어떤 사람이 내게 "너 자신을 바꿔라"고 말했다. 나는 그 사람에게 말해주었다. "나는 나를 바꿀 생각이 없으니 제가 싫으면 저를 안 보면 돼요!"
20대 때였다면 감히 나올 수 없는 말을 내가 하고 있었다. 그 말을 내뱉으면서 스스로에게 놀랐다. 20대 때 가족과 함께 살며 주눅 들었던 내가 아니었다.

02

지금 하지 않으면
다음에도 할 수 없다

    함께 일하는 남자 직원이 있었다. 아이가 둘인 가장이었다. 자신이 결혼할 당시 1,000만 원짜리 전셋집에 살았는데 몇 년 후 집주인이 집을 매매로 내놓으며 그 부부에게 집을 구매할 생각이 없는지 물었다고 한다. 매매 금액은 3,000만 원이었다. 남자는 집을 구매하고 싶었다. 자신의 형편에 3,000만 원은 큰돈이었지만, 그래도 대출을 받으면 이자와 원금을 갚아나가는 데 큰 부담이 없을 정도의 금액이라고 생각했다. 남의 집에 사는 것보다는 자신의 이름으로 된 집에서 사는 것이 낫다고 생각해서 아내에게 집을 사자고 했지만, 아내는 좀 더 좋은 집에서 살고 싶다며 구매를 거부했다.

    남들 사는 것처럼 모두 갖춰진 아파트를 원했던 것이다. 하는 수 없이 구매를 포기했는데 1~2년 후 집값은 5,000만 원 이상으로 뛰었고 이후에는 1억 원이 올랐다. 이후에는 더 큰 금액으로 올라 아내가 무척 속상해했다고 한다. 집을 구매할 기회를 놓친 것은 부장님도 마찬가지였다. 부장님이 다른 회사에서 일하셨을 때, 구리의 집값은 자신들 형편에 부담 가는 금액이긴 했어도 은행 대출을 받으면 그런대로 집을 소유할 수 있었다. 부장님은 은행 대출을 받아 지금 살고 있는 집을 구매하자고 사모님께 말씀드렸지만 사모님은 나중에 돈이 생기면 아파트를 사자고 하셨다. 그런데 몇 년이 흘러 부장님이 실직하시고 나자 집값이 두 배로 올랐다고 했다. 모두 다 나중에 더 좋은 집을 구매하려다 주어진 기회마저 잃어버렸다는 이야기다.

C언니의 경우는 전세로 살고 있던 집을 7,000만 원에 구매할 수 있었지만 하지 않았다고 했다. 이유는 말하지 않았지만, 언니도 나중에 더 좋은 집에서 살 것이라는 막연한 기대를 하며 행동하지 않았던 모양이다. 다들 집을 구매할 기회가 있었지만, 구매하지 못했고, 그때 집을 구매하지 못한 것을 후회하고 있었다. 지금은 집값이 몇 배로 올라 엄두도 낼 수 없는 상황이 되었다. 모두 자신의 형편보다 눈높이가 높아서 더 좋은 것을 찾으려다 주어진 기회마저 잃은 것 같았다.

나는 허름해도 내 집 하나 있으면 좋겠다고 생각했다. 다른 사람들은 집을 구매할 기회라도 주어져서 좋겠다고 생각했다. 다른 사람들에게 주어지는 기회가 내게는 없구나 푸념도 했다. 하

내면의 치유를 위한 심리 떠나보내기

지만 꿈꾸고 바라다 보면 기회는 온다. 기회가 왔을 때 지금 하느냐, 다음으로 미루느냐의 차이인 것 같다. 나는 지금 아니면 못살 것 같다는 생각에 집을 장만했다. 물론 낡아빠진 20년 된 빌라였지만 내 인생 처음으로 내 손으로 마련한 집이다. 사장님은 "내가 지금까지 살면서 세입자나 직원 중에 자기 집을 장만해서 나간 사람은 네가 처음이다!"라고 하셨다.

라디오 사연에 한 중년 남자가 자신의 고민을 털어놓은 적이 있었다. 직장 일로 야근은 기본이고 주말과 공휴일에도 쉬는 날 없이 일했다고 한다. 어린이날이 다가오자 아이가 아빠랑 같이 놀이동산에 가고 싶다고 했지만, 아빠는 갈 수 없었다. 아빠는 나중에 같이 가자고 했다. 아빠의 말을 듣고 아이는 계속 칭얼댔다. 아내는 "나중에는 없어! 아빠는 나중에도 우리랑 같이 할 수 없을 거야"라며 우리끼리 가자고 이야기했다.

아내의 말을 들은 남자는 자신은 가족을 위해 헌신하고 있다고 생각했고 회사가 어려워 쉬지 않고 일하는 것인데 자신이 잘하고 있는 것인지 의심이 되고 고민스럽다고 했다. 하지만 그렇다고 직장 일을 접어두고 놀이동산에 갈 수도 없다고 말했다. 매번 '나중에, 나중에'라는 말로 가족들과의 시간을 한 번도 가진 적이 없었다. 아내는 그런 남편에게 더는 묻지 않았다. 아내의 모습을 보며 자신을 이해해주고 있다고 생각했지만, 아내는 자신을 포기한 것 같다고 했다. 자신은 '나중에 잘하면 되겠지!'

라는 생각으로 버텨왔는데, 회의가 든다고 했다.

　그 사연을 들으며 남자분이 참 둔하다는 생각이 들었다. 하루의 시간을 지금도 못 내고 있는데 나중에 시간이 날 수 있을 것이라고 생각하는 것 자체가 답답하게 느껴졌다. 나중에는 나중에 일어날 일들이 기다리고 있어서 나중에도 시간이 없을 것이다. 내 주위 친구들을 보면 어렸을 때부터 뭔가 열심히 하는 친구가 없었다. 나이가 들어 친구들과 이야기해보면 그때의 모습과 별반 차이가 없다고 느낄 때가 많다. 한 친구가 자신이 20대 때 하고 싶었던 일들이 있었는데 그때는 돈도 없고 시간도 없어 돈을 번 이후에 하자고 생각했다고 한다. 그런데 지금은 그때 하고 싶었던 일들을 할 수 있는 상황이 되었는데도 나이가 들어 체력이 달려서 그때보다 더 못 하겠다며 다시 젊은 시절로 돌아가면 그 일을 하고 싶다고 했다.

　나는 속으로 '그런 생각이라면 너는 다시 돌아가도 그 일을 못 할 거야'라고 생각했다. 경험상 나중에 하겠다는 사람치고 그 일을 하는 사람을 못 봤다. 그 일을 하는 가장 좋을 때는 '지금'이다. 왜냐면 그 일을 생각하고 있는 시간이 지금이고, 나중에는 나중에 생각하는 일을 해야 하기 때문이다. 지금 상황이 안 된다고 해도 우선은 저지르고 해나가다 보면 방법은 여러 가지로 생기게 되어 있다. 친구는 젊을 때로 다시 돌아가면 하겠다고 했지만, 정말 하고 싶다면 지금 해야 했다. 그때 못 한 일을 생각하면서 지금 다른 일을 하는 친구가 답답하게 보였다. 그저 움직이기 귀찮아서 하는 핑계로 보였고, 하기 싫다는 말로 들렸다.

친구의 언니는 결혼해서 딸아이 둘을 키우고 있다. 상견례에서 처음 시어머니를 본 친구의 어머니는 결혼을 반대했다고 한다. 시어머니가 너무 드세 보여서 분명히 고생할 것이라 판단하셨던 것이다. 친구 어머니의 예상은 빗나가지 않았다. 남편분은 20대 때부터 직장생활에서 받은 월급을 전부 어머니께 드렸다. 어머니는 그 돈으로 방 3칸짜리 빌라를 구매하셨고, 돈도 꽤 모아두셨다. 결혼하는 아들에게 모아둔 돈을 결혼자금으로 주시겠다며, 자신의 집으로 들어와 같이 살자고 하셨다. 하지만 언니는 같이 살기를 거부했다. 며느리가 같이 살기를 거부하자 결혼자금을 줄 수 없다고 버티셨다. 결혼자금을 주지 않으면 자신의 집으로 들어와서 살 것이라 생각하셨던 것이다.

시어머니가 돈을 안 주자 언니는 자신이 모은 돈을 털어 전셋집을 마련했다. 결혼하고 나서도 남편은 월급의 반을 시어머니께 생활비로 드렸다. 원래 통상적으로 드리던 돈이었지만 그나마 결혼했다는 이유로 적게 드리는 것이었다. 언니는 일해서 생활비를 벌었고, 두 아이가 태어나고부터 어머니의 생활비를 80만 원으로 줄이게 되었는데, 어머니는 이를 불만스러워하셨다. 돈을 드리는 문제 때문에 항상 싸움이 잦았는데 남편분은 늘 "엄마가 죽으면 그 집이 우리 것이 되는데, 그거면 된 거 아니냐! 그 돈은 끊을 수 없다!"였다. 언니는 남편의 고집을 꺾을 수 없었다. 늘 하는 말은 나중에 그 집이 우리 것이 된다는 것이었다.

그렇게 몇 년이 흘러 아이들이 크자 집이 좁아서 넓은 집을 알아봐야 했다. 집값은 꾸준히 오르고 있었고 나중에는 장만할 수 없을 것 같아 집을 구매하기로 결정했다. 시어머니는 언니에게 집을 구하면 돈을 지원해주기로 예전부터 약속했다. 그 돈을 받고 전세금을 합하면 집을 구매할 수 있었다. 언니는 시어머니께 약속했던 돈을 줄 것을 부탁하고 나서 집을 알아보았고, 자신이 예상한 금액에 맞아떨어지는 집을 찾아 계약금을 걸었다. 언니는 어머니의 말을 신뢰할 수 없었지만, 주기로 한 돈이니 우선 믿어보기로 했다. 하지만 언니의 예상은 빗나가지 않았다.

시어머니는 돈을 주기로 한 날짜를 계속 미뤘기에 언니는 안 되겠다 싶어 대출로 집을 장만했다. 시어머니는 자신이 돈을 주지 않으면 집을 못 구해서 아들 내외가 자신과 함께 살자고 말할 줄 알았는데, 며느리가 자신의 도움 없이 집을 장만하자 실망하셨고 못마땅해하셨다. 이사를 가고 나서 아이들은 자신의 방이 생겼다며 무척이나 들뜨고 기뻐했다. 형부는 딸들이 좋아하는 모습을 보자 내심 미안한 감정이 드셨다. 자신은 나중에 어머니가 돌아가시면 어머니의 집을 물려받아 그 집에서 살면 된다고 생각했지만, 어머니는 10년이 지나도 돌아가시지 않으셨고 그

내면의 자유를 위한 잡서 떠나보내기

사이 딸들은 커버렸던 것이다.

　지금 딸들에게 못 해주는 것을 나중에 어머니가 돌아가시고 나서 해주면 된다고 생각했지만, 나중은 오지 않는다. 그리고 좀 더 세월이 흐르면 딸들은 이미 너무 커버릴 것이다. 그리고 '나중에 어머니가 돌아가시면'이라고 말하지만, 그 나중이 언제가 될지 누가 알 수 있단 말인가! 10년이 지나도 돌아가시지 않는 분을 빨리 돌아가시라고 말할 수도 없는 노릇이고 어머니가 20~30년을 더 사실 수도, 아니면 더 오래 사실 수도 있다. 시어머니는 아들보다 딸을 더 아끼고 챙겨주셨으니 그 집이 동생에게 상속될 수도 있지 않은가! 기약 없는 혼자만의 유산 상속을 꿈꾸며 망상으로 끝날 수도 있는 일이다. '나중에'라는 말을 반복하는 사람은 행동할 생각이 없는 것이다.

03 상대의 눈으로 보면
이해되는 것들

내게는 4살, 6살 터울의 이종사촌 동생이 있다. 이모부는 도배 일을 하시고 이모는 한때 커튼 장사를 하셨다. 두 분은 결혼하시면서 돈을 모아 집과 건물을 장만하셨고, 근래에는 자신과 두 아들 이름으로 아파트 한 채씩 구매하셨다. 원룸 건물에서 다달이 월세가 나오기 때문에 물질적으로 부유하셨다. 내가 보기에는 부자라 느꼈지만, 이모 집 식구들은 자신들이 부자인 것을 모르는 것 같았다.

초등학교 때 이모 집에 놀러 가서 내가 사는 집과 너무도 상반되는 풍경에 놀라워했던 기억이 있다. 문을 들어서자마자 섬유유연제 냄새가 풍겨왔다. 그 냄새가 집안을 깔끔하게 느껴지게 했다. 거실 벽면에는 나무틀로 짜인 선반이 있었고, 선반 위에 지점토 인형들이 먼지 하나 없이 가지런하고 예쁘게 줄지어져

놓여 있었다. 거실 겸 주방 테이블에는 테이블보가 깔끔한 유리 아래 끼워져 있었다. 서랍 안 물품들은 가지런하게 정리가 되어 있었다. 그리고 가족들만 쓸 수 있는 각자의 방이 있었다. 집안의 빛은 밝고 깔끔하고 아늑했다.

우리 집은 하숙집을 운영했기 때문에 방을 제외한 모든 공간을 하숙생들과 같이 사용해야 했고, 식구들과 방을 같이 사용해서 사생활을 누릴 수가 없었다. 집안은 늘 정리와 청소가 안 되어 있었다. 부엌 테이블은 때가 낀 것처럼 닦아도 깔끔한 느낌이 없었다. 집 안은 음습하고 지저분하고 뭔가 끈적거리고 어두침침했다. 집 안을 더 지저분하게 느껴지게 했던 것은 거대한 바퀴벌레들이었다. 낡고 나무 소재가 많이 들어간 집이어서 그런지 자주 출현하는 바퀴벌레 때문에 집이 안전하다는 느낌이 안 들었다. 엄마는 정리도 못하시고 살림도 못하셨다. 치우거나 정리하는 사람은 없었다. 방 안의 의자, 책상 위는 늘 옷가지들이 늘어져 있었고 가전제품에는 먼지가 쌓여 있었다. 엄마는 정리한다고는 했지만 정리하는 법을 모르셨다. 매사 분주하고 항상 덤벙대셨다. 나는 우리 집과 이모 집의 삶의 격차를 느꼈고 때론 우리 집 상황이 비참하게 느껴지기도 했다.

외할머니는 엄마가 중학교 1학년 때 지병으로 돌아가셨다. 외할아버지는 아들 하나를 둔 여자분과 재혼하셨다. 새엄마가 들어오면서 엄마와 이모, 삼촌들의 삶은 완전히 달라지게 되었다.

외할아버지는 몽둥이로 자식들을 때리는 폭력적인 사람이었다. 새엄마는 제 아들과 남편의 자식들을 차별하셨다. 외할아버지는 돌아가신 외할머니에게는 잘하지 못하셨지만 새로 맞은 분에게는 잘 대해주셨다. 엄마는 다른 것보다 외할아버지의 폭력이 두려우셨던 것 같았다. 자신이 어떤 행동을 하면 아버지에게 혼날까 봐 이러지도 저러지도 못했다고 했다. 엄마는 너무 힘들 때면 어디인지도 모르는 외할머니의 무덤가를 찾아가곤 했었다고 한다. 엄마는 가끔 의지할 엄마가 있는 것이 얼마나 행복한지 너는 모를 거라고 말하곤 하셨다. 엄마에게서 새엄마를 욕하는 말을 들어본 적은 없었다. 하지만 엄마 이야기 속에서 새 외할머니가 엄마를 얼마나 힘들게 했는지 짐작할 수 있었다. 엄마는 그저 돌아가신 외할머니가 몹시 보고 싶었다는 말씀을 반복하셨다.

나는 사촌 동생과 오랜만에 만나서 덕수궁에 갔다. 겨울이어서 날은 쌀쌀했다. 덕수궁 안으로 들어서며 나는 외할아버지의 이야기를 꺼냈다. 과거에 엄마는 외할아버지에게 맞을까 봐 이러지도 저러지도 못했다고 한다. 엄마의 행동을 보면 매사가 부산스러웠다. 아빠나 오빠가 화를 내면 흠칫 놀라서 하던 행동을 멈추고 어찌 해야 할지 몰라하셨다.

생각해보면 외할아버지와 살면서 폭력에 노출되다 보니 혼나지 않고 비난받지 않으려는 두려움으로 모든 행동이 맞춰진 것 같다고 이야기했다. 나는 사촌 동생에게 이모는 외할아버지가 무서웠다는 이야기를 하지는 않으셨는지 물었다. 사촌 동생은 금시초문이라고 했다. 나는 그 말이 너무 놀라웠다. 같은 집의, 같은 아버지 밑에서 지냈는데 어떻게 엄마와 이모의 말이 다를 수가 있는지 이해가 안 갔다. 나는 잠시 침묵하고 생각했다. 그리고 엄마의 삶이 정리되었다. 이모는 맏딸이 아니어서 외할아버지의 폭력을 피해갈 수 있었는지도 모르겠다.

하지만 엄마는 외할아버지와 함께했던 날들을 정화하지 못하고 성인이 된 것이다. 이모는 자신의 과거를 성인이 되어서까지 끌고 가지 않았고, 그로 인해 자신의 삶을 만들어갈 수 있었다. 반면 엄마는 자신이 겪은 과거를 끌고 그대로 성인이 되면서 내면의 외로움과 두려움이 그대로 삶에 펼쳐졌다는 생각이 들었다. 엄마에게는 뿌리 깊은 두려움이 있었다. 인정 욕구도 강했다. 어려서부터 못난 사람 취급을 받다 보니 누군가의 칭찬에 크게 반응하셨다. 지저분한 우리 집안 풍경이 엄마의 내면 풍경 같았고 처참하다는 생각이 들었다.

동생은 아이를 낳고 나서 집에 온 엄마와 잠자리에 들며 대화했던 내용을 나에게 이야기한 적이 있다. 동생은 자신이 어렸을 적, 엄마의 행동 때문에 상처받았었던 일을 이야기하며 그때는 왜 그랬냐고 묻자 엄마는 "나는 엄마가 없어서 의지할 곳이 없었다. 너희를 낳았을 때 엄마가 너무 어렸고 어떻게 해야 할지 몰랐지!" 그 말을 들은 동생은 굉장히 마음이 아팠다고 했다.

내가 중학교, 고등학교 때 엄마가 자주 했던 말이 있다. "엄마가 있다는 게 얼마나 행복한 일인지 너희는 모르지? 나는 엄마가 없어서 너무 힘들었었다. 세상에 아버지는 안 계셔도 엄마는 있어야 된다. 엄마만 있어도 행복한 거야. 나는 엄마 얼굴 한 번 보는 것이 소원이었어. 엄마가 돌아가시고 나서 엄마가 얼마나 사무치게 보고 싶었는지 몰라."

당시 10대의 나는 내가 겪어보지 못한 엄마의 경험을 이해할 수 없었다. 그저 푸념이려니 생각하며 넘겼다. 그런데 이렇게 나이를 먹어보니 엄마가 어렸을 적에 얼마나 힘겨웠을지 눈에 선하게 그려졌다. 그리고 엄마가 가여웠다. 엄마를 이해하고 용서하게 되었다.

큰댁에 들렀을 때, 나는 친할머니 이야기를 들었다. 친할머니에게는 오빠들이 있었는데, 삼촌들에게 돈을 가져다주며 도와주었다고 한다. 그런데 훗날 그들은 잘살게 되자 할머니를 대하는 태도가 달라졌다. 삼촌들은 언제 우리한테 돈을 주었냐고, 받은 적 없고 줄 것도 없다는 태도를 보여 할머니가 배신감을 느꼈다고 한다. 이 이야기를 듣고 할머니도 결핍을 안고 살았음을 알게 되었다. 남편도 없이 사 남매를 키우신 할머니가 자신도 살기 힘든 형편에 오빠들에게 돈을 가져다준 것은 타인에게 의존해서 살아가려는 심리가 있지 않고서는 나올 수 없는 행동이라 여겨졌기 때문이다.

할머니의 결핍을 아빠가 물려받은 것 같다는 생각이 들었다. 아버지는 자신은 아무것도 할 수 없다고 생각하며, 우리 집안이 성공하려면 좋은 인맥이 있어야 하고 줄을 잘 서야 성공할 수 있다는 믿음을 가지고 계셨다. 자식들은 좋은 인맥과 좋은 연줄을 찾아 그로 인해 성공하기를 바라셨다. 그리고 자신이 무언가를 하기보다는 타인의 뒤에서 시키는 일만하기를 바라셨다. 주도적으로 일하시지 못하셨다.

오빠가 다단계를 했을 때 한 달에 1,000만 원도 벌 수 있다며 감정이 격앙되어서 이야기할 때 부모님은 기뻐하셨고, 없는 돈을 털어 다단계를 할 수 있도록 지원해주었다. 오빠가 성공하면 자신들의 노후가 보장된다고 여기셨다. 이후에도 여러 번 돈을 끌어다가 오빠를 지원해주었다. 끌어다 쓴 돈을 갚지 못해 선산을 담보로 잡혔고 압류가 들어왔다. 부모님은 자신의 빈곤을 아들을 통해서 해결하고 싶어 하셨고 오빠에게 거는 기대가 컸다. 오빠는 부모님의 기대를 느꼈을 것이고 어깨가 아주 무거웠을 거라는 생각이 들었다.

그 부담감으로 진실로 자신이 원하는 일이 무엇인지, 어떻게 살아야 하는지에 대해 생각해보지 못하고 돈만 좇는 것이 삶의 목표가 되었던 것이 아닐까? 부모님의 욕구를 충족시키기 위해서 한방에 큰돈을 벌 수 있는 일을 찾았고, 그것이 다단계였던 것은 아니었을까? 오빠는 부모님의 삶을 살아가고 있는 것 같았다. 결국 오빠도 참 불쌍한 사람이라는 생각이 들었다. 한때는 죽도록 미워했지만, 이런 생각들을 하자 오빠의 어깨가 얼마나 무거웠을지 알 것 같았다.

04 삶은 말하는 대로 만들어진다

어렸을 적부터 나는 어떠한 꿈도 없었다. 내가 어떤 것을 이룰 수 있을 것 같지도 않았고, 나는 못할 거라는 믿음이 있었다. 이런 믿음은 부모에게서 물려받은 사고였다. 부모님과 함께 살 때 아버지는 자신이 일기처럼 써놓은 글을 보여주신 적이 있었다. '혜림이가 좋은 사장을 만나 신임을 얻었다. 역시 사람은 줄을 잘서야 한다'라는 내용이었다.

나는 부모님과 의절한 후 아버지가 적어놓으셨던 그 문구를 다시 생각해보았다. 그 문구는 여러 가지를 알려주고 있었다. 아버지는 자신은 아무 노력도 안 하면서 자식 덕을 보려고 하셨다. 부모님 두 분 모두 본인들 스스로는 아무것도 할 수 없다는 믿음을 가지고 계셨다. 자식들이 사람을 잘 만나서 자신들 뒷바라지를 해주기를 바라셨던 것 같다. 그렇다고 자식들이 잘나서,

노력으로 뭔가를 일궈서가 아니라, 줄을 잘 서서 성공하기를 바라셨다. 자신의 자녀들도 본인들의 노력으로 무언가를 일궈낼 거라는 믿음이 없으셨던 것이다. 부모님의 믿음을 우리 삼 남매는 그대로 물려받았다.

나는 빚을 다 갚은 후 돈을 모으기 시작했지만, 돈이 모이는 속도는 참으로 더뎠다. 돈을 모으면서 좀 더 좋은 집, 햇볕이 드는 집으로 이사 가고 싶다는 바람으로 살았다. 내가 살던 집은 1층 기와집이었고 대문을 열면 바로 옆에 하수구가 있었다. 집과 집 사이가 좁았고 볕이 안 들었다. 겨울에는 수도가 얼어 일주일가량 물을 쓰지 못한 적이 있었고, 집 옆에 길이 있다 보니 지나가는 사람들 발소리, 대화하는 소리가 그대로 들렸다. 발꿈치를 들어 창문 너머 내 방을 볼 수 있었기 때문에 창문도 제대로 열어놓을 수가 없었다. 통풍도 잘 안 되었고, 여름이면 바깥 공기보다 방 안이 월등히 더웠다. 그뿐만이 아니라 보일러도 잘 돌아가지 않았다. 바퀴벌레가 나와 약을 뿌렸지만, 며칠 정도의 효력이 있을 뿐이었고 여러 통로로 나타났다.

그 집에 사는 바퀴벌레는 정말이지 초능력적인 힘이 있는 것 같았다. 한번은 화장실 바닥 하수구에 덮인 뚜껑이 살짝 들려져 비스듬히 닫혀 있는 것을 보았는데, 바퀴벌레가 뚜껑을 열고 방으로 들어온 것이었다. 이후에 유리병에 물을 담아 배수구 뚜껑 위에 올려놓고 출근하곤 했다.

직장에서 업무를 보던 중 몇 가지 잊어버린 일이 두 번 정도 있었다. 그 일을 두고 부장님께서는 정신병원에서 진단을 받아 보는 것이 어떻겠냐며 말했다. 문제는 이 이야기를 동료들끼리 쑥덕거리며 사장님까지 나를 문제직원으로 여기게 했다. 문제의 발단은 C언니였다. 언니는 나를 위하는 척했지만, 정신병원을 가보라는 아이디어는 그 언니에게서 나온 것이다. 그리고 부장님께는 나의 문제를 부풀려 나의 무능함을 부각시켜주었다. 화가 나는 마음을 속으로 삭이며 퇴근해서 집에 들어와 새벽 5시까지 잠을 이루지 못했다. 직장을 그만두어야 할지를 깊이 고민했다.

당시에 빚은 갚았지만, 모아놓은 돈이 그리 많지 않았다. 돈도 많지 않은데 지금 직장을 그만두면 다른 일을 구할 수 있을지, 다른 직장을 구하면 지금 월급만큼 받을 수 있을지, 일자리를 구하지 못하면 월세는 어떻게 감당해야 할지, 월세를 못 내면 길바닥 신세로 살아야 하는 내 처지가 비참했다. 내 집 하나 있었으면 좋겠다고 생각했다. 집만 있었어도 이런 일을 당할 때 아쉬움 없이 직장을 때려치웠을 텐데…. 이런 일을 겪고 돌아오면 바퀴벌레와 싸워야 하고, 사생활도 보호가 안 되는 집에서 편히 쉴 수 없는 것도 서글펐다. 돌아갈 곳 없는 신세가 처량했다. 생각을 거듭한 끝에 나는 '집을 사자! 집을 살 돈을 모을 때까지만 버티자! 내게 정신병원에 가라는 말을 하는 직장을 다닐 수밖에 없는 것은 집이 없어서다. 이런 꼴 다시는 안 당하게 내게 좋은 환경을 만들어주자' 하고 결심했다.

　그 결심을 하면서 매일같이 내 집에 대한 꿈을 키워갔다. 그리고 최대한 절약하며 꾸준히 저축했다. 그 집을 바로 떠나고 싶었지만 당장은 이사 비용도 아껴야 한다는 생각에 버티기로 했다. 하지만 이사를 갈 수밖에 없는 일이 생겼다. 보일러가 여러 번 작동이 안 된 것이다. 주인 할머니는 사람을 불러 고쳤다고 했지만, 이후로도 제대로 돌아가지 않았다. 매번 작동되지 않는 보일러를 틀며 한숨이 나왔다. 하나부터 열까지 피곤하게 느껴졌다. 매번 문제를 안고 살아야 하는 이런 집에서 사느니 피곤함을 감수하고 이사를 하는 것이 더 나을 것 같다는 생각이 들었다.

　다음에 이사는 꼭 햇빛을 볼 수 있는 곳으로 가겠다고 마음먹었다. 월세가 저렴한 곳을 찾아야 했기 때문에 개발이 안 된 산동네에 방을 구했다. 이사 간 집은 3층이었다. 이사 간 집에서 창가에 아침 햇살이 내려쬐는 것을 보았을 때 나는 감동했다. '나도 방안에서 햇빛을 보는 날이 오는구나!'라는 탄식이 나왔다. 그 집은 월세 25만 원이었다. 각종 공과금이 1~2층과 합산되어 나왔다. 문제는 관리하는 사람이 없어 내가 고지서로 금액을 송금하고 세 사람 몫으로 나눈 뒤 1, 2층 사람들한테 돈을 받아야 했다. 1, 2층 사람들이 집에 있는지 확인하고 돈을 청구하러 갈 때는 모두 표정이 안 좋았다. 보일러는 2층 방과 내 방이 연결되어 있어서 함께 써야 하는 것이 불편했지만, 그래도 월세가 저렴했기에 만족했다. 나는 그 동네를 돌아다니며 집들을 구경했다. '저 집에서 살면 좋을 것 같다!', '저 집도 괜찮아 보인다!' 생각했다. 인터넷으로도 집을 구경했다. 이후 나의 대화 주제는 늘 집이 되었다. 집을 구경할 때는 행복했다.

그러던 중 최저시급이 오른다는 뉴스를 들었다. 그때 문득 올해 집을 못 사면 앞으로 집을 사기가 힘들어질 거라는 생각이 들었다. 더군다나 고양이가 걱정되어 이사해야 했다. 그래서 당장 집을 사야겠다 마음먹었다. 사장님은 부장님과 실장님에게 성과급을 2,000만 원씩 주셨을 때 나에게 "너는 나중에 집 살 때 퇴직금 2,000만 원 당겨줄게"라고 하셨다. 그래서 용기를 내서 사장님께 그 돈을 줄 것을 요구했다.

하지만 사장님은 난감해하셨다. 준비해놓은 목돈이 없으셨던 것이었다. 난감해하셨지만 약속한 것이 있어 우선 집을 알아보라고 말씀하셔서 알아보았다. 내심 불안했지만 나는 집을 알아보았고, 그중 내 형편에 가장 부담이 적은 집을 보았다. 하지만 그 집은 전세 계약이 되어 있어 2년 뒤에나 들어갈 수 있었다. 고양이들 때문에라도 빨리 이사해야 했지만 기다리는 수밖에 없었다. 사장님은 나에게 돈을 줘야 해서 목돈을 어떻게 마련할지 고민하고 계셨는데 신기하게 돈이 생기셨다. 자신의 형에게 꿔준 돈이 있었는데 갑자기 그 돈을 갚겠다고 전화가 온 것이다. 어떻게 딱 그때 그 시기에 돈을 갚겠다니!

그렇게 돈이 마련되어 전세를 끼고 집을 장만했다. 월세살이 9년 만의 일이었다. 계약한 후 매일같이 내 집 앞을 지나다녔다. 집을 올려다보며 행복해했고 하루빨리 들어가서 살면 좋겠다고 생각하며 간절한 마음을 매일 품었다. 그런데 정말 놀라운 일이 일어났다. 세입자가 별안간 이사를 간다는 것이었다. 그 집은 4층으로, 아들 하나를 둔 부부가 살았는데, 엘리베이터가 없어 불편하다는 이유였다. 나는 정말이지 뛸 듯이 기뻤다. 그렇게 해서 집을 구매한 지 열 달 만에 처음으로 나 혼자 쓸 수 있는 공간에 들어가게 되었다. 세간살이를 들여놓고 나니 예전에 내가 친구에게 "나는 베란다가 두 개인 집에서 살거야"라고 했던 말이 생각났다. 별생각을 안 했는데 내 집은 진짜 베란다가 두 개였다. 너무 신기했다.

나는 부모로부터 물려받은 것이 두 가지가 있다. '나는 못할 것이다' 하는 믿음과 빚이었다. 당시에는 내가 부모의 사고방식을 물려받은 줄 모르고 살았다. '나는 못할 거야'라는 믿음은 의식하고 찾기 전에는 절대 찾을 수가 없다. '현실을 바꾸고 싶으면 내면을 바꾸라'는 말이 있다. 그런데 내면을 바꾸는 일이 쉽지 않다. 월세 살 때는 내 힘으로 절대 집을 살 수 없을 것 같았다. 그러면서도 매일매일 집을 꿈꿨다. 인터넷에 올라와 있는 집 내부를 구경하면서 '이런 집에서 살면 얼마나 좋을까? 바퀴벌레도 없고 볕도 들어오고 통풍도 잘 되고 보일러도 혼자 쓸 수 있고 공과금을 걷으러 다니지 않아도 되고, 내가 쓴 만큼만 결제

내면의 자유를 위한 성자 비비스와스기

하면 얼마나 좋을까!' 매일같이 꿈꿨다. 집을 살 수 없을 것 같 았지만, 항상 아껴가며 돈을 모았다. 돈을 모으면서도 현실적으 로 집을 사는 것이 불가능해 보였다.

하지만 불가능하게 느껴졌어도 나는 매일 돈을 모으고 집을 구경하고 그 집에 사는 나를 상상했다. 그런 시간이 쌓이다 보 니 결국 집을 살 수 있는 상황이 만들어졌다. 집을 장만하고 나 서 나는 이전과 내가 다른 사람이 되어 있음을 느꼈다. 원하는 것을 만들어낼 수 있다는 믿음이 생긴 것이다. 바로 내면의 믿 음이 바뀐 것이었다. 이런 믿음을 만들기까지의 과정은 참으로 깜깜하고 어두운 터널을 지나는 것 같았다. 하지만 앞이 안 보 일 때 반복적으로 입으로 말하고, 나 자신이 그 말을 듣고, 되뇌 고 행동하면 어느 순간 터널을 지나왔음을 알게 되는 순간이 찾 아온다는 것을 느꼈다.

05
고통은 변형된
축복이다

사창가 근처에서 약국을 하는 할아버지가 있었다. 그분에게 약을 처방받았던 주위 분은 그곳에서 과하게 약을 판다며 투덜대셨다. 자신이 필요한 약은 하나인데, 그 이외 약을 한꺼번에 사가라며 신경질을 내신다는 것이었다. 약사 할아버지는 신경질을 낼 일이 아닌데도 늘 신경질을 내셨다. 하루는 약국 물건이 잘못 배송이 되어서 물품을 들고 약국 문을 열었을 때 그분은 뭐하러 왔냐는 식으로 얼굴 가득 인상을 쓰시며 나를 쏘아보셨다. 양손 가득 물건을 들고 온 내가 물건을 팔러 온 사람으로 보였을 수도 있다. 내가 무거운 짐을 내려놓고 "물건이 잘못 와서요!"라고 말했을 때 할아버지는 표정을 바꾸시며 고맙다고 말씀하셨다. 그 물건은 금액이 상당한 양의 물건이었다.

어느 저녁, 할아버지가 낡은 셔터를 내리고 퇴근하시는 모습을 보았다. 그런데 셔터가 너무 낡아서인지 삐걱대는 셔터를 가까스로 내리면서 마음대로 안 되니 쇠로 된 보조 꼬챙이를 패대기치고 발을 구르며, 있는 대로 신경질을 내고 계셨다. 뭐가 저리도 신경질이 나실까? 이해할 수 없었다. 신경질을 낼수록 힘이 더 들 것 같았고 신경질을 그리도 과격하게 낼 정도로 기운이 좋으신 건가 싶을 정도였다. 나이 드신 분들의 여유롭고 느긋한 모습과는 너무도 먼 분이었다. 훗날 그분은 매장을 정리하고 약국을 접으셨다.

그분은 젊은 시절 사창가 여성들을 상대로 많은 약을 팔았고, 그것으로 상당한 돈을 벌었다고 한다. 그분에게 찾아간 여성들은 병원 대신 약국을 찾았다. 한번 약을 처방받을 때는 가방이 꽉 찰 정도로 물건을 사 갔다. 주위 사람들이 보기에 허용치 이상의 과도한 약이 처방되었다고 한다. 지금이야 정부에서 정한 허용치가 있지만, 당시에는 그런 법적인 규제가 없었다. 사창가 주위에서는 구급차가 자주 오갔다. 세월이 흘러 어느 순간부터인가 약사의 아내가 몸이 아프기 시작했다고 한다. 그리고 약사 할아버지도 건강이 안 좋아지기 시작했다. 몸이 아파오면서 짜증이 늘어갔고 아내는 더 쇠약해지셨다고 한다.

나는 그분이 왜 아픈지 알 것 같았다. 타인에게 가한 마음은 결국 자신에게 돌아온다. 그분은 타인의 몸이 아픈 것에 대한 공감이 없으셨던 것으로 보인다. 그분이 판매한 과도한 약은 그 여성분들의 몸을 망가뜨렸고, 동시에 약을 팔았던 자기 자신도 망가뜨렸다. 카르마의 법칙은 어김이 없다는 생각이 든다. 자신이 내뿜은 마음만큼 돌아온다. 김도사 님의《죽음 이후 사후세계의 비밀》을 보면 카르마의 법칙이 잘설명되어 있다. 그것은 벌 받은 것이라 말하지만, 반대로 생각하면 자신이 방사한 에너지를 정화할 수 있는 기회를 부여받은 것이다. 정화되지 않고 방치된 에너지는 다른 악순환을 가져온다. 그 때문에 정화를 위한 기회인 것이다.

우리 사회는 날이 갈수록 어두워지는 듯하다. 인간이 내뿜은 나쁜 마음은 그 사회를 구성하고 있는 사회를 더 어둡게 만든다. 우리가 내뿜는 생각과 감정은 그래서 놀랍고 무섭다. 안타까운 것은 대부분이 지금 처한 상황을 불행으로 받아들이는 데 있다. 불행으로 받아들이면서 더 많은 독을 내뿜는다. 내가 보았던 그분이 신경질 대신 감사와 이해와 사랑을 깨닫는다면 아픈 몸이 조금은 나아지지 않을까 생각이 들었다.

나는 글하고는 거리가 먼 사람이었다. 글을 쓸 생각도 의지도 없었다. 하지만 김도사 님의 유튜브 영상을 시청하고 나서 용기를 얻어 김도사 님의 책 쓰기 수업을 듣게 되었다. 장식 매장이 폐업하고 책 쓰기를 시작했다. 백수로 지내는 동안 책을 완성하고 직장을 구할 생각이었다. 그렇게 시작했지만, 단기간에 써지지 않았다. 빠르게 마무리 짓고 직장을 구하고 싶었다. 하지만

내면의 지유를 위한 상처 떠나보내기

시간이 길어지자 책을 완성할 수 있을지 앞이 안 보였다. 가슴이 답답했다. 직장을 구해서 다른 사람들처럼 일하고 싶었지만, 책을 완성하지 않고서는 다른 일을 할 수 없었다. 직장에 다니면서 책을 쓸 수도 있겠지만, 그렇게 되면 책 쓰기를 포기할 것 같았다. 한 꼭지씩 완성될 때는 뿌듯했지만 시간이 길어지자 그저 답답했다. 생활비가 점점 떨어져가자 사장님의 직원으로 일할 때가 편했다는 생각이 밀려왔다.

어느 토요일, 연락을 끊었던 친구에게 전화가 왔다. 나는 너무도 반가웠다. 친구는 이쁜 엄마의 이야기를 해주었다. 그 언니는 회사를 그만 둔 후, 자신의 동생과 동업으로 전을 파는 식당을 운영하기로 하고 매장 인테리어를 했다. 예산이 많지 않아 다른 인테리어는 놔두고 천장에 에어컨을 설치하기 위해 천장 누수공사를 했는데, 그 공사에 들어간 비용이 가장 컸다고 했다.

그 언니의 동생은 결혼해 자녀가 있었는데, 식당을 운영하기 전에는 아이들을 케어할 수 있었지만 가게를 운영하면서 새벽에 귀가하게 되자 아이들이 매일같이 엄마를 보고 싶어 하며 힘들어한다고 했다. 마음이 쓰렸지만, 자신이 주방을 책임지고 있었기 때문에 자리를 비울 수 없었다. 어쩔 수 없는 일이었다. 개업하고 처음 1년 정도는 매출이 꽤 괜찮았다.

하지만 가게 가까이에 있던 아파트에서 차도 소음을 막기 위해 방음벽을 세우면서 매출에 심각한 문제가 생겼다. 높은 방음벽으로 인해 차들의 진입이 막히고 시야도 가려져서 인근 상가들 전부 매출에 큰 타격을 입었다. 오가는 사람들도 줄었다. 주요 품목이 전이다 보니 비가 오는 날은 장사가 되었지만 더운 여름에는 손님이 없었고, 점심을 먹으러 오는 손님도 없었다. 장사가 안되는 것도 힘들었지만 인근 상가 사장님들과 손님들로 인해 마음 상할 때가 많았다고 한다. 언니의 동생은 음식 솜씨가 좋았다. 전을 만들 때 좋은 재료로 새로운 메뉴도 만들어 내놓았다.

그런데 근처 매장에서 언니 동생이 개발한 신메뉴를 팔고 있는 것을 알게 되었다. 언니 매장에 자주 들리는 사장님이었는데 매장을 한 번씩 방문하면서 메뉴판을 훑어보고는 똑같이 만든 것이었다. 어느 날은 매출이 얼마인지를 궁금해하며 포스기를 살펴보더니 "오늘 많이 팔았네!"라고 말하며 가버렸다고 한다.

진상 손님들도 많았다. 언니와 동생이 바쁠 때면 손님이 직접 냉장고에서 주류를 꺼내서 마시곤 했는데, 자신들이 먹은 만큼 계산하는 손님들도 있었지만 자신이 마신 술병을 탁자 밑이나 의자 밑에 숨겨놓고 숨긴 병을 뺀 금액만 계산하고 도망가는 손님이 의외로 많다고 했다. 하루는 숨겨놓은 병을 발견하고 매장을 나서는 손님을 급하게 따라잡아 세우고 "죄송한데, 계산이 잘못되었어요!"라고 말하자 손님은 "한번 계산했으면 끝난 거 아니에요?"라며 적반하장의 태도를 보였다고 한다. 근래에는 버틸 수 없어 가게를 내놓았다.

공사비용은 제쳐두고 권리금만 받아나갈 수 있기를 바랐다고 했다. 하지만 매장을 보러오는 사람은 단 한 사람도 없었다. 비가 몹시 오던 어느 날, 인근 상가들은 물난리가 났다. 신축건물인데도 불구하고 벽 안으로 빗물이 스며들어 매장 안의 집기들이 훼손되었다. 그런데 유일하게 언니네 매장만 피해를 입지 않았다. 에어컨을 설치하기 전에 방수공사를 한 덕분이었다.

그 언니의 심정이 어떠할지 짐작이 갔다. 매장을 운영하는 사장님들은 24시간의 하루가 내 시간이 아니다. 매출이 없으면 결제해야 할 돈 때문에 잠을 이룰 수 없다. 매장을 처분해도 가져갈 돈이 없다. 오롯이 혼자 감당해야 하는 그 막막함을 나는 너무 잘 안다. 하루하루 피가 마르는 상황이 이어지고 앞이 안 보이고 그 상황만 벗어날 수 있다면 소원이 없다고 생각될 정도다. 내가 매장을 운영했을 때 그러했다. 친구는 최근에 언니를 만났을 때 언니가 가지고 있는 적금과 보험을 모두 해약한 사실을 알았다고 했다. 그만큼 가게 운영이 힘들었던 것이었다. 언니는 매장이 정리되면 집을 처분하고 서울로 다시 거처를 옮길 것이라 했다. 오산이 싫다고 했다. 정이 안 간다고 했다.

친구의 전화를 끊으며 나는 예전에 내가 가게를 운영할 때를 회상했다. 아무것도 모르고 어수룩하게 시작했던 가게는 자신 있어서 한 것이 아니었다. 사장님의 권고로 떠밀려 매장을 오픈했다. 직원으로 있을 때는 재료나 도구의 구애 없이 썼지만, 처음 가게를 꾸릴 때는 아무것도 없어서 하나부터 열까지 모두 돈을 들여서 사야 했다. 거래처가 없어 사장님에게 부업 일을 받았다. 어쩌다 거래처에서 물건 발주가 들어오면 기쁨보다는 부담감이 밀려왔다. 사장님과 일할 때는 부업하는 분들에게 일을 맡겼지만, 나는 나 혼자 모든 일을 해야 했기 때문이다. 새벽 3시가 넘어가도록 일했고 그마저도 끝나지 않을 때는 집에서 두 다리를 뻗고 잠을 잘 수가 없었다. 날짜에 맞춰 물건을 납품할 수 있을지가 걱정되었다. 그러다 동생이 출근하지 않은 것을 알고 매장에 급히 출근해보면 널브러져 있는 완성되지 않은 물건들을 보며 절망감이 밀려왔다. 물건을 날짜에 맞출 수 없어 거래처에 시간을 연기해줄 것을 여러 번 요청했다.

동생 이후에 직원 언니들이 들어왔지만, 직원 언니들 월급도 감당하기 힘들었고 직원 언니들과 성격이 맞지 않아 같은 공간에 있는 것이 숨이 막혀 일이 없을 때는 할 일 없이 지하철을 타고 시간을 보내다가 매장으로 돌아온 적도 많았다. 매장을 2년 정도 운영하고 더는 답을 찾을 수 없어 사장님께 다시 직원으로 들어가고 싶다고 말했을 때는 이 무거운 짐을 덜 수 있다는 생각에 마음이 너무 가벼웠다. 매장만 운영하지 않으면 인생이 행복할 것 같았다. 매장 운영만 아니면 괜찮다! 이것만 때려치우면 나는 자유다! 행복 시작이다! 어떻게 해서든 그 암담한 현실을 벗어나고 싶었다. 매장을 처참한 실패로 끝냈어도 끝낼 수 있다는 사실에 환희에 찼다.

그렇게 매장을 정리하니 정말 날아갈 듯 행복했다. 이제 살 수 있었고 숨을 쉴 수 있었다. 그때를 회상하면 지금의 답답하고 힘든 상황은 행복한 것인데, 행복한 것을 잊고 있었다는 생각이 들었다. 문득 친구에게 고마워졌다. 그리고 내가 힘든 이유는 감사함을 모르기 때문이라는 생각이 들었다. 매장을 운영할 때를 생각하면 지금은 천국에서 살고 있는 것과 마찬가지였다.

그리고 나는 이렇게 책을 쓰고 있지만 힘든 상황에 놓여 있는 수많은 사람이 있을 텐데, 내 힘든 것만 보다 보니 문제가 아닌 것을 문제로 여겼다는 생각이 들었다. 고통스러운 시간이 있었기에 행복을 느낄 수 있다는 생각이 들었다. 아마도 내가 넉넉한 생활을 누리며 힘든 일 없이 살았다면 행복이 무엇인지도 모르고 감사함도 없었을 것이라는 생각이 들었다. 그렇게 나는 투정을 멈추고 다시 책을 쓴다.

06 냉정하지 못하면
더 불행해진다

나에게는 남자친구가 있었다. 그는 아이를 혼자 키우는 이혼남이었다. 모든 사람이 처음 만날 때는 상대에 대한 설렘으로 시작하지만, 설렘은 잠시 머물다 가는 감정일 뿐 사랑이 아니다. 나는 그것이 사랑이라 착각했다. 나는 그에게 무척 헌신적이었지만 그는 나와 달랐다. 나는 그와의 미래를 위해 적금과 상조를 들었다. 전기장판을 구매할 때는 나중에 그와 같이 살 때를 대비해서 2인용으로 구매할지를 고민하기도 했다. 나의 고민을 그에게 말하자 그는 "나중을 생각하지 말고 지금 필요한 용도로, 1인용으로 구매해"라고 했다. 집을 장만하고 나서 "나중에 우리 집에 와서 같이 살자"라고 말했을 때 그는 대답하지 않았다. 나는 오겠다는 말을 듣고 싶어 두 번이나 더 물어보았지만, 그는 두 번 모두 대답하지 않았다.

만나서 영화를 보거나 밥을 먹고 돌아설 때는 좀 더 같이 있고 싶었지만, 차가 밀릴지 모른다며 늘 서둘러 돌아갔다. 남자친구는 나보다 주위 사람들이 더 소중한 것 같았다. 친한 친구가 보험을 들어달라고 할 때는 아들 앞으로 여러 개의 보험을 들고 친구들이 사정이 안 좋을 때는 돈을 꿔주기도 했었다. 그에게는 여동생이 있었는데, 동생이 힘들게 산다며 마음 아파했다. 내가 보기에는 그렇게 마음 아파할 정도로 힘든 형편이 아니었다. 그 동생보다 내가 더 가난했다. 가족들과 친구들에게는 뭐든 헌신적으로 내어주는 사람이었지만, 그의 시야에 나는 없는 것 같았다. 그런 사실을 알면서도 시간이 지나면 나를 한 번쯤 뒤돌아봐줄까 기대했다. 서운함을 여러 번 표현하기도 했지만, 그는 내 말을 이해하지 못했다. 당시에 내가 들었던 말 중 기억나는 한 마디는 "너는 뭐든 네가 알아서 잘하잖아!"였다. 그 사람의 가족들에게 소개받고 싶었지만, 그는 그럴 생각이 전혀 없었다. 나는 그에게 없는 사람인 것 같았다.

　몇 주 정도, 주말에 자신의 가족들을 챙기느라 못 본적이 있었다. 그 시간 동안 그와의 만남이 무의미함을 느꼈다. 그래서 연인관계를 끝내자고 말했는데 그는 나를 잡지 않았다. 잡아주기를 바랐지만 그런 일은 없었다. 남자친구를 만나는 내내 나는 상처뿐이었다. 혼자 좋아했고. 혼자 안달했다. 하지만 헤어지고 나서는 아무 미련이 없었다. 편하게 끝낼 수가 있다.

이후에 연락을 끊고 지내다가 다시 연락하며 그냥 아는 친구 정도로 지냈다. 가끔 만나 밥을 먹고 직장 이야기를 하고 전기 제품을 설치할 때 도움을 받기도 했다. 그렇게 아무 사이도 아닌 채로 만나니 편했다. 다니던 매장이 폐업하고 나자 서울에 사는 것이 무의미하게 느껴졌다. 매일 유튜브나 시청하고 마음 둘 곳 없이 시간만 보내는 삶이 이어지자 공허함이 밀려왔다. 그래서 서울을 떠나기로 결심하고 집을 매매로 내놓았다. 환경을 바꿔야 다른 삶을 살 수 있을 것 같았다. 익숙한 것을 버려야 다른 삶이 펼쳐질 것 같았다.

다행히 매매는 빨리 이루어졌다. 이제 이사 갈 집을 구해야 했다. 인터넷을 뒤지다가 마음에 드는 집을 발견했다. 월세 집이었는데 가격도 저렴했다. 지역은 오산이었다. 나는 당장 전화를 걸어 집을 구경하러 갔다. 그리고 며칠 후 가계약을 하고 돌아왔다. 이사 날짜는 차후에 정하기로 했다. 며칠 후 전 남자친구를 만났을 때 이사하려고 한다고 말했다. 그는 별 관심을 보이지 않았다. 나는 과거를 버리고 새로운 삶을 살고 싶다는 말을 하자 전 남자친구는 "너는 그런 시골로 가서 혼자 살면 성욕은 어떻게 푸냐?"라는 어이없는 질문을 해서 나는 "너 같은 인간하고 무슨 이야기를 하겠냐! 다시는 나한테 연락하지 마라!"라고 말했다. 그러자 화를 내며 "알았어! 다시는 연락하지 말자!"라며 자리를 털고 가버렸다.

'이렇게 한 사람 정리되는구나' 생각하며 집으로 왔는데, 다음 날 전화가 왔다. 그는 미안하다며 사과했다. 자신이 너무 둔해서 내가 무슨 말을 하는지 늦게 이해했다며 사과를 해서 받아주었다. 집을 비우기로 한 날짜가 많이 남았지만, 하루라도 빨리 환경을 바꾸고 싶었다. 새로운 환경에 자리 잡고 일상을 보내고 싶어 이사를 서둘렀다. 그리고 전 남자친구에게 이사 날짜를 말해주며 "이제 얼굴 못 보겠네!"라고 말했다. 이사를 며칠 앞둔 토요일, 그가 밥을 먹자며 전화를 했다. 주말에 가족들과 시간을 보내야 할 텐데 왜 만나자는 것인지를 묻자 이사 가면 얼굴 보기 힘들 것 아니냐며 이사 가기 전에 한 번이라도 더 보자는 것이었다. 평소 같지 않은 행동에 의아했다.

그를 만났을 때 분위기가 평소와는 달리 쓸쓸해 보였다. 나에게 할 말이 있는 것 같았다. 그는 내가 이사 간다는 말을 듣고 나서 내 빈자리를 느꼈다고 했다. 내가 그 자리에 항상 있어주었던 것만으로, 가끔 만나 얼굴을 볼 수 있었던 것만으로, 자신이 위안을 얻고 있는 줄 몰랐고, 떠난다는 말을 듣자 내가 얼마나 자신에게 소중한 사람이었는지 이제야 알게 되었다고 했다. 떠난다는 사실에 마음이 너무 허전하다고 했다. 자신이 만난 사람 중 내가 가장 순수한 사람임을 이제야 깨달았다고 말했다.

나는 그날 보았던 그의 얼굴이 오랫동안 기억에 남았다. 밀려오는 쓸쓸함을 어떻게 처리할지 몰라 그저 버티고 있는 사람의 모습이었다. 마음이 아리고 그가 측은하게 느껴졌다. 그는 나에게 해준 것이 아무것도 없다고 말했다. 나는 "괜찮아. 나는 너를 만나 충분히 행복했어. 나 때문에 너의 감정이 과거에 묶여 사는 것을 바라지 않아. 너 자신의 삶을 살아!"라고 이야기해주었다. 그는 외로움을 주체하지 못했다. 나를 돌아본 적 없던 사람이 바라봐주는 것이 고맙기는 했지만, 별 감흥이 없었다. 그저 행복하기를 바란다고 했다. 그는 미안함을 어떻게 해야 할지 모르겠다고 했다. 미안해하지 않았으면 좋겠다고, 그래야 내가 편하다고 말해주었다.

그리고 밥을 먹고 헤어지려 했지만 좀 더 같이 있고 싶어 했다. 평소라면 일찍 집에 들어가고 싶어 했을 텐데, 같이 있고 싶어 하는 그가 조금은 낯설었다. 그렇게 헤어지고 이사를 하기 이틀 전, 그가 하루 동안 시간을 같이 보내자고 했다. 나는 정리할 것이 많았지만 마지막이니 함께하기로 했다. 그가 집에 도착했을 때 그의 손에는 케이크와 와인이 들려 있었다. 내게 케이크를 사준 것은 그날이 처음이었다. 그와 카페에 가서 차를 마시고 같이 걷고 시간을 함께 보냈다. 저녁을 먹으러 식당에 갔을 때 그는 예전으로 돌아가 다시 만나자는 이야기를 했다. 나는 황당해하며 "이미 끝났는데 뭘 다시 시작해?"라고 물었다. 그러자 그는 내 말이 들리지 않는지 "오산이 여기서 먼가?" 하면서, 오산의 환경이 어떤지 등을 말하며 다시 만나자고 말했다. 남자친구는 예전이나 지금이나 내 말을 잘 듣지 않았다. "우리 관계는 이미 예전에 끝났어. 뭘 다시 시작해! 네 삶을 살아!"라고 말하자 그는 화가 난 듯 자리에서 일어나 식당 밖으로 나갔다.

우리는 아무 말 없이 돌아섰다. 나는 그의 기분을 살필 만한 여유가 없었다. 기분이 나쁘거나 말거나 이사 문제로 온통 신경이 쏠려 있었고, 오래전에 정리된 관계를 다시 시작하자고 말하는 그의 태도에서 내가 어떤 상태인지 파악을 못 하고 있음을 느꼈다. 생각해보면 처음부터 그는 자신이 살아온 패턴을 유지한 채 나를 그 자리에 끼워 넣으려 했다. 마지막 모습 역시 자신의 패턴은 유지하면서 나를 끼워 넣으려고 하는 것 같았다. 남자 친구를 만난 것은 그날이 마지막이었다.

나는 이사를 했고, 그로부터 얼마 후 서울에 갈 일이 있어 지하철을 탔는데 그에게서 지금 오산으로 가고 있다고 문자가 왔다. 한숨이 나왔다. 그날 나는 무척 바빴다. 남자친구는 오산 공원에서 찍은 사진을 보내왔다. 나는 연락처를 차단할 테니 다시 연락하지 말라고 문자를 보냈다. 며칠 후, 나는 다시 서울의 비어 있는 집을 방문했는데, 현관문 옆에 누군가 종이 한 장을 붙여놓아서 살펴보니 오산 공원의 사진이었다. 날짜도 적혀 있었다. 전 남자친구였다. 그에게 전화를 걸어 이런 짓 좀 하지 말라고 하자 풀이 죽어 알았다고 대답하고 끊었다. 통화를 마치자 기분이 좋지 않았다. 그는 내가 소중했다는 사실을 이제야 깨달았다고 말했지만, 자신을 둘러싼 주위 환경이 변하는 것을 받아들이기 힘들어서 쓸쓸해하는 것 같았다. 그가 누군가를 사랑했다면 대상이 원하는 것이 무엇인지, 무엇이 필요하지를 알았을 것이다. 그는 자기 자신의 결핍이 무엇인지 모르는 것 같다. 나는 그가 행복하기를 진심으로 바란다. '그동안 너로 인해 행복했다고, 네가 있어 힘든 날들을 지나올 수 있었다고, 너로 인해 나를 바로 알 수 있었다'라고 말해주고 싶다. '너에게 마음 깊이 감사한다'라고 말해주고 싶다.

나는 과거를 되풀이해서 사는 사람들을 많이 보아왔다. 그들을 보며 나는 그들과 다르다고 생각했다. 하지만 그들에게서 내 모습을 본 것임을 이제야 알게 되었다. 전 남자친구와의 만남역시 과거를 반복하고 있었다. 그 모습에서 타인에게 마음을 기대는 나를 발견했다. 삶은 우리에게 여러 가지 메시지와 신호를 준다. 그 메시지를 얼마나 잘 해석하고 실천하느냐에 따라 앞으로의 삶이 결정되는 것 같다. 오산에 내려와서 한동안은 무척 힘들었다. 서울에 살았을 때 누렸던 편의 시설도 그리웠고 친구, 사촌 언니, 동생들도 그리웠다. 익숙했던 모든 것들이 그리웠다. 하지만 정에 이끌리고, 익숙함에 이끌려 다시 과거를 반복할 수 없었다. 나는 한동안 외로움과 고립감과 쓸쓸함에 시달렸다.

하지만 모든 것은 지나간다. 아무리 고통스러운 감정도 영원하지 않다. 고립감, 외로움, 쓸쓸함, 막막함을 안고 일상을 보냈다. 그렇게 시간을 버티고 나자 거짓말처럼 감정들이 나를 스쳐

내면의 자아를 위한 심리 떠나보내기

지나갔다. 남자친구의 연락을 차단하기 잘했다는 생각도 들었다. 충분히 원하는 삶을 살 수 있고 가능성이 열려 있음을 느낀다. 하지만 원하는 삶을 위해서는 냉정해야 하고 단호한 결정이 반드시 필요하다.

07 용서는 결국
나를 위하는 일이다

동대문 매장에서 일할 때 사장님의 큰아버지에 관한 이야기를 들었다. 사장님의 할아버지는 동네에서 많은 땅을 소유하신 부자셨다고 하셨다. 그리고 큰아버지는 사장님의 할아버지로부터 모든 재산을 물려받으셨다. 반면 사장님의 아버지는 한 푼의 유산도 물려받지 못했는데, 어르신의 생각으로는 큰아들에게 물려주면 큰아들이 알아서 나누어줄 것이라는 생각이 있으셨던 것 같다 했다. 하지만 큰아버지는 욕심이 많은 사람이었다. 단 한 푼의 유산도 나누지 않았고 땅을 빌려주며 돈을 받았다. 사장님 어머니는 가난한 형편에 아무것도 없는 남편을 뒷바라지하며 고단한 삶을 사셨다고 했다. 고생은 이만저만이 아니었다.

사장님의 아버지는 농사를 지으셨다. 집안 형편은 무척 힘들었고 가난으로 앞이 보이지 않으셨다고 한다. 사장님의 어머니는 남편의 농사일을 도우며 틈틈이 부업거리로 동네에서 할 수 있는 공장일이나 날품팔이 일을 하셨다. 사장님 어머니는 늘 바쁘셨고 이 일, 저 일 뛰어다니시며 집안일을 하셔야 했기 때문에 사장님과 형제들에게 항상 신경질을 내셨다고 했다. 당시에는 사장님이 어려서 그런 어머니를 이해하지 못했지만 커서는 어머니가 힘드셔서 그랬음을 이해하게 되었다고 한다.

어느 날 낮에 어머니가 밭에서 일하고 계셨는데, 양우산을 쓴 한 여성분이 큰집 대문으로 들어가는 것을 보고 누구일까 궁금해하셨는데, 그분은 큰아버지의 전 부인이셨다. 그분은 미군들에게 치욕적인 일을 당하시고 문중에서 쫓겨나신 분이었다. 그분이 사건을 당하셨을 때 누구 하나 그분을 돕지도, 말리지도 않으셨다고 한다. 생명의 위협을 느낄 정도의 상황이었던 것 같다. 피해자임에도 모든 죄를 뒤집어쓰신 채 일방적으로 이혼을 당하셨다. 그렇게 쫓겨나시고 나서 오랜만에 큰아버지의 집에 다시 방문하신 것이었다. 그분은 시부모와 자신의 남편 앞에서 통곡하며 하소연하셨다. 하지만 누구도 그분 편에서 항변해주는 사람은 없었다고 한다.

사람을 두 번 죽이는 것이 이런 것이 아닐까 생각이 들었다. 사건 당시 생명에 위협을 느껴 아무도 나서지 못했다면 이후에는 미안하다고, 내가 잘못했다고, 너에게 그런 꼴을 당하게 해서 내가 죄인이라고, 자신의 잘못에 대해 뉘우치고, 반성의 말을 해주었다면 그분이 그렇게 억울하지는 않았을 것이다. 시부모와 남편분은 다시 한번 가해자가 되어 여성분을 외면했다. 그분은 그렇게 발길을 돌리셨다고 한다. 이후 큰아버지는 재혼하셨다. 새로 맞은 큰어머니는 무척 인색한 분이셨다. 한번은 큰어머니가 사장님의 어머니를 집으로 불러 솥을 하나 주시며 쓰라고 하셨는데 바닥에 구멍이 뚫려 쓸 수 없는 솥이었다. 사장님 어머니는 그 솥을 부엌 벽에 걸어놓고 나중에 두고 보자며 이를 가시며 오기를 불태우셨다고 했다.

사장님 어머니와 아버지가 땅을 빌려 농사일을 지으셨을 때, 그 땅의 주인이 큰아버지의 소유인 줄 알았다고 했다. 다달이 큰어머니가 땅값을 받으러 오셨기 때문이다. 하지만 몇 년이 흘러 땅 주인이 큰집이 아니었다는 것을 알게 되었다고 한다. 자신의 것이 아닌데도 돈 욕심에 돈을 받으셨던 것이다. 하루는 사장님이 제사를 지내러 큰댁에 갔을 때, 큰어머니가 전을 부치고 계셔서 조금만 달라고 말하자 손가락 한 마디만 한 크기로 전을 한 점 떼어주며 다른 곳으로 가서 놀라고 하셨다고 했다. 커서 생각해보니 전 한 점 주기가 아까우셔서 그러신 것이었음을 알았다고 했다.

큰어머니는 아들 셋을 낳으셨는데 자식들의 교육보다는 먹이고 입히는 데 신경 쓰시고 돈을 쓰셨다. 반면 사장님의 어머니는 자식들이 입고 먹이는 것보다는 교육 쪽으로 돈과 시간을 쓰셨다고 했다. 사장님 어머니는 돈을 벌 수 있는 일이 무엇이 있을지 고민하셨다. 한번은 농협에 가서 어떤 임원에게 자식이 넷인데 어떻게 하면 돈을 벌 수 있냐며 물으셨다. 그 사람은 사장님 어머니를 피하셨다고 했다. 하지만 사장님 어머니는 끈질긴 분이셨다. 며칠을 그 임원을 찾아가셨다고 했다. 마지못해 어머니께 은행에 대출을 받으셔서 땅을 구입하시고 그 땅에 집을 지어 임대료를 받고 그 돈으로 이자와 원금을 갚아나가시라 조언하셨다고 한다. 사장님 어머니는 그 조언을 흘려듣지 않으셨다. 그 사람이 일러준 대로 땅을 구입했고, 돈을 갚아나가셨고, 임대료를 모아 더 많은 땅을 구매하셨다. 그리고 그 땅을 자식에게 하나둘씩 물려주셨다고 한다.

그렇게 해서 사장님 집은 재산을 늘릴 수 있었다. 반면 큰집의 가정형편은 기울기 시작했다. 유산으로 물려받은 땅들을 유지하지 못하고 아들들이 사업을 한다며 사업자금으로 하나둘씩 탕진했고 큰어머니는 돌아가셨다. 아들 중 하나는 결혼하지 않고 돈을 모아 집을 장만해서 혼자 살아갔다. 그런대로 앞가림을 하고 살았지만, 나머지 형제들은 모두 월세살이로 전락했고, 큰아버지도 마지막 남은 집을 큰아들 사업자금으로 내주며 월세에 사셨다고 한다. 큰아버지 집안은 가세가 기울고 사장님 집안은 어머니로 인해 재산이 늘어나 자녀들도 건물과 집을 가진 자산가가 되면서 두 집안의 모습은 뒤바뀌게 되었다. 그리고 몇 년전 큰아버지마저 돌아가셨다고 한다.

사장님은 당시 사회 분위기가 그러했기 때문에 첫 부인이었던 큰어머니가 내쳐지는 일은 어쩔 수 없는 일이라고 했다. 그 말도 수긍이 갔다. 하지만 자신의 부인도 버린 사람이 자신의 동생을 챙겨줄 리 만무했을 거라고 말하자 아무 말도 하지 못하셨다. 명예를 위해 아내를 버렸고, 돈을 지키기 위해 의를 저버린 것 같았다. 아내를 내치면 자신의 치부도 사라지리라 생각했을까?

약자에게 가해지는 폭력은 항상 형태가 똑같다. 나는 사장님의 큰아버지가 지키려고 했던 것은 무엇이었을까 생각하게 되었다. 결국에 아무것도 지킨 것이 없다. 명예도, 돈도, 자기 인생도 지키지 못하신 것 같다. 만약 자신의 부인을 끝까지 지키셨다면 부인에게 죄를 씌우는 대신 용서했다면, 다른 결말을 만나지 않았을까 싶다. 자신을 지키려는 보호 의식이 너무 지나치신 것은 아니었을까? 자신의 이력에 먹칠이 될 만한 첫째 부인을 외면하면서 더 큰 시련을 맞으신 것으로 여겨졌다. 문득 양조위와 유가령 배우가 생각이 났다. 아내를 용서했다면 그분의 삶이 양조위와 유가령 배우의 삶처럼 되지 않았을까 싶었다.

화랑에서 잠시 일할 때 같이 일했던 남자분이 있었다. 나보다 나이가 5살가량 많은데 화랑 일을 하기 전에는 트럭을 운전했었다고 한다. 아는 분의 소개로 표구 일을 배워보려고 일을 시작하게 되었다고 했다. 나는 그분과 성격이 맞지 않았다. 가끔 기분을 파악할 수가 없었고 왜 화를 내는 것인지 알 수 없을 때가 있었다. 가끔 그분은 자신이 하는 일이 마음에 안 드는지 일에 대한 불만을 말할 때가 종종 있었다. 그는 자신은 이 일 말고 트럭 운전이나 하면서 살아도 사는 데 지장 없다는 말을 많이 했다. 자신의 집은 원래 잘사는 집이었고 건물도 몇 채 있었지만, 아버지가 보증을 잘못 드는 바람에 전 재산을 잃으셨다고 한다. 아버지만 아니었으면 자신도 잘사는 집 아들이라는 말을 자주 했다. 그 사람을 보며 아버지가 잘못하기는 했어도 지난 일에 대해 아버지를 비난하는 모습이 그리 좋아 보이지 않았다. 정확히는 아버지 때문에 화가 나는 것보다 자신이 가난한 것 때문에 화가 나는 것 같았다.

그 사람은 돈이 있으면 일을 안 할 사람 같았다. 자신이 못살기 때문에 마지못해 일하는 것 같았다. 그분은 성실하지 않았다. 출근을 안 하는 날들이 많아 결국에는 퇴사했다. 자신 스스로 부자가 될 생각이 없었다. 모든 것이 아버지 때문에 가난한 것이라 여겼다. 하지만 이미 일어난 일을 받아들이고 자신이 불만족스러워하는 가난한 현실을 본인 스스로 탈피하려고 했다면 잘살 수 있었을 텐데 답답하다는 생각이 들었다.

이지성 작가가 언젠가 가난한 사람들에 대해 이야기했다. 가난한 사람들을 인터뷰했을 때 모두 하나같이 공통으로 가족 탓을 하고 있더라는 것이다. 부모는 부모고 나는 나인데 부모 때문에, 친척 때문에, 오빠나 동생 때문에, 그들이 잘못해서 못사는 것이라고 비난한다는 것이었다. 그들은 놔두고 자신이 잘하면 되는데, 자신이 할 생각을 안 하고 모두 남들이 잘하기를 바라고 있더라는 말을 했다. 나는 깊이 공감했다.

그 남자 직원뿐만 아니라 부모님 때문에 가난하다고 여기는 사람들은 굉장히 많다. 비난의 말들을 쏟아내면 말을 쏟아내는 내 삶이 비난으로 가득 차게 된다. 남을 용서하지 못하므로 나를 구렁텅이 삶으로 몰아가는 것이다. 가족은 가족의 선택과 삶이 있다. 그것을 인정하고 용서하면 내 삶에 집중할 수 있게 된다. 온전히 주체적인 삶을 살 수 있다. 결국 가족을 용서함으로써 나의 삶을 살고 나를 찾게 되는 것이다.

08 모든 답은
내 안에 있다

장식 매장이 폐업할 때쯤 사장님은 도배나 인테리어 필름, 아파트 청소 등 여러 가지 일에 대해 말하며 그런 직종으로 창업하려고 하는데, 같이해보자고 하셨다. 처음에는 일이 힘들겠지만, 수입은 꽤 괜찮을 거라 하셨다. 나는 지금 받는 월급보다 더 많은 돈을 벌 수 있다는 말에 사장님과 같이 일하겠다고 했다. 돈을 더 벌어서 노후 준비를 하면 되겠다고 생각했다. 사장님이 알려준 업종의 일은 내가 지금껏 일해온 분야와는 차원이 다르게 인건비가 비싸서 꾸준히 하면 꽤 풍족한 생활을 할 수 있을 것 같았다. 그 업종의 일을 유튜브를 통해 살펴보면서 왜 진작에 이런 기술직을 알지 못했을까 한탄했다.

내 문제를 빠르게 해결할 수 있었을 텐데 너무 몰랐다는 생각이 들었다. 이모부가 도배일을 하는 것을 알면서도 관심이 없어

남 일이려니 생각했는데, 이모 집이 경제적으로 넉넉해질 수 있었던 것은 전문 직종으로 꾸준히 일해온 덕분이었음을 그때 실감하게 되었다. 전문직 일을 해서 지금 모은 돈보다 더 큰 금액의 돈을 통장에 찍어보고 싶었다. 사장님과 일하기로 결심하고 기대에 부풀었다. 하지만 시간이 흐르면서 나는 권태감을 느꼈다. 월급을 모아 차곡차곡 저축을 했고 금액이 늘어나고 있었다. 통장을 보면 뿌듯했다. 하지만 행복함을 느끼지는 못했다. 그냥 든든한 것뿐이었다.

어떻게 살아야 할지, 어디에 마음을 두고 살아야 할지 몰랐다. 모든 것이 무미건조하다고 느꼈다. 물질적으로 곤궁한 형편이 아니었지만, 삶의 어떤 낙도 찾을 수가 없었다. 매일 유튜브나 보는 생활이 이어졌다. 몸은 늘어지고 무언가를 할 의욕도 잃었다. 너무 오랫동안 흘러가는 대로 살았다는 생각이 들었다. 내가 가장 열정적으로 살았던 때를 생각해보았다. 목표를 향해 미친 듯이 내달렸을 때는 빚을 갚아나갈 때였다. 그때를 회상하면 살아 있음을 가장 강하게 느꼈을 때가 아니었을까 싶다.

당시에는 빚뿐만이 아니라 인간관계에서도 이별과 배신감을 느끼며 고통스러워했지만 성장할 수 있었던 계기가 되었다. 사장님과 일을 하면 돈을 벌 수는 있겠지만 그것이 무슨 의미가 있을까 싶었다. 짐 정리를 하다가 신발장 안에 오래전 사두고 쓰지 않았던 깔창을 보게 되었다. 스펀지 재질의 깔창이 낡아서

내면의 사유를 위한 성장 에세이 모음집

만지자 흐물거리며 부서졌다. 그 순간, 만감이 교차했다. 옷들은 모두 낡아 해지고 색이 발해서 도저히 입을 수 없을 지경의 것 투성이였다. 나는 낡은 옷과 속옷, 신발 등을 모두 버렸다. 버린 물건들이 기존에 살아온 삶 같았다. 과거의 삶이 이미 퇴색했고 쓰임을 다했으니 이만 정리해야 할 낡은 물건 같았다. 지나온 삶의 방식은 이미 사용을 다해 더는 사용할 수 없으니 새 제품을 사듯이 삶 또한 새로운 삶으로 갈아타야 함을 말하는 듯했다.

그래서 사장님과 함께 일하기로 했던 계획부터 바꾸기로 했다. 사장님과 일하게 되면 돈도 벌고 편하게 일할 수는 있겠지만 발전 없이 무미건조하게 똑같은 감정, 일상, 행동이 무한 반복되며 의미 없는 시간을 보내다가 남는 건 권태밖에 없을 것 같았다. 너무 오랜 시간 사장님과 일해왔다는 생각이 들었다. 사장님에게 나는 다른 일을 해야겠다고 말했을 때 사장님은 아쉬워했지만, 결심을 굳힌 것을 보고는 다른 사람을 구하겠다고 하셨다.

1년 정도 알고 지내던 언니가 있었다. 언니는 자신의 시누이에 대해 말해주었다. 남편분의 막내 누님인 그 시누이를 처음 보았을 때 언니는 첫눈에 반하셨다고 했다. 할리우드 배우 맥 라이언(Meg Ryan)보다 조금 더 예쁜 외모를 가지셨다고 했다. 그분이 고등학교 시절, 동네에는 땅을 가장 많이 소유한 유지가 있었다. 어느 날, 그 유지 집에서 시누이의 어머니를 집에 초대해서 크게 대접하셨다고 한다. 집에 초대한 이유는 그 집 아들이 막내 따님을 보고 첫눈에 반해 그 딸과 결혼하고 싶어 한다는 것이었다. 그 부자는 어머니께 부탁하며 둘이 결혼할 수 있게 해달라고 간청하셨다고 한다. 집에 돌아온 어머니는 막내딸에게 이야기를 전했다.

하지만 딸은 눈곱만큼도 관심을 보이지 않았다고 한다. 자신은 이런 작은 나라의 작은 동네에서 살지 않을 거라고, 나라 밖 큰 세상으로 나가고 싶다고 말했다. 그분은 길에서 동네 유지 아들과 마주치는 일이 있었지만, 그 아들을 거들떠보지도 않으셨다고 한다. 이후 그분은 외국으로 나가기 위해서 영어 공부를 하셨다. 공부를 잘하셨는지 독학으로 어느 정도 대화가 될 수준이셨다고 한다. 학교 성적도 우수해서 외국계 회사에 취직하셨다. 선박회사였는데 그곳에서 통역을 담당하는 일을 하셨다. 일하던 중 거래처 바이어 중의 한 분이 그분을 보고 첫눈에 반해 그렇게 결혼하셨고 미국에서 아이 둘을 낳고 선박회사를 운영하시며 꽤 부유하게 사신다고 했다.

내가 인상 깊게 생각했던 부분은 무엇보다 자기 자신을 믿는 그분의 태도였다. 그분의 집은 아버지의 노름으로 인한 빚으로 싸움이 끊이지 않았다. 그런데 그분은 그런 외부의 환경은 아랑곳하지 않았다. 부잣집을 부러워하지도 않았다. 유지의 아들 앞에서도 당당함을 잃지 않으셨다. 오직 자신이 하고 싶은 일에 집중했다.

내면의 자유를 위한 성찰 따라보내기

내가 처음 엄마와 같이 살 수 없다고 판단했을 때 집을 떠나서 살아간다는 것이 암담하게 느껴졌다. 나 혼자 모든 일을 감당할 수 있을지, 월세와 각종 공과금을 내고 혼자의 삶을 꾸릴 수 있을지 걱정스러웠다. 당시에는 집 문밖을 한 발짝 벗어나는 일이 두려웠다. 감당할 수 없는 빚을 떠안았을 때도 내 힘으로 해결할 수 없을 것 같았다.

하지만 행동하는 순간 두려움이 사라졌다. 그때가 삶을 바꾼 결정적 선택이었고, 두려움을 넘어설 수 있었던 시도였고, 결과였다. 자신 없는 발걸음을 한 발짝을 떼면서 미래가 바뀌었다. 선택의 기로에서 답이 없어 보이고 길이 안 보일 때 내 마음이 향했던 곳, 내 내면이 원했던 곳으로 자신이 없더라도 한 발짝을 떼어보니 저절로 길이 보였고 그 길을 따라왔다. 뒤돌아보면 모든 것이 꿈처럼 느껴지고 내가 과연 그러한 일들을 겪어왔는지 의심될 정도로 모든 것이 아스라이 사라져가는 기억이다. 한순간의 꿈처럼 느껴진다. 결국 모든 것은 지나가고 영원하지 않다. 남는 것은 경험과 깨달음이다.

아주 오래전 남자친구와 밥을 먹을 때 이상, 꿈에 관해 대화한 적이 있었다. 사람들은 대부분 무엇이 되고 싶다고 말할 때 의사, 변호사, 간호사 등 직업을 이야기한다고 말했을 때, 남자친구는 "그러면 직업 아니면 무엇으로 꿈을 이야기할 수 있어?"라고 물었다. 나는 "나 고등학교 때 꿈은 해탈하는 거였어"라고 말했다.

올해 1월, 나는 김도사 님의 유튜브를 시청하게 되었다. 2023년 11월 24일 유리엘 대천사님께서 그분을 찾아오셔서 2천 년 전 예수님이셨음을 알려주셨고, 곧 지구 극이동이 일어날 것이며, 인류가 멸망을 앞두고 있음을 알리셨다. 그 영상을 본 후 내 삶은 180도 달라졌다. 나는 남아 있는 삶 동안만이라도 지금껏 하지 못했던 일들을 해야겠다고 결심했다. 그렇게 해서 책 쓰기 수업을 들었고, 내면 성장 수업과 차원 상승 수업을 듣게 되었다. 그분의 수업을 들으며 내 정체성에 대해 생각하게 되었고, 창조주님을 알게 되었다. 김도사 님(슈카이브 님)은 모든 인간의 내면에는 창조주님께서 심어놓은 신성이 있고, 신성을 깨워야 함을 말씀하셨다.

슈카이브 님의 수업을 들은 어느 날, 나의 내면이 의식 성장을 원하고 있음을 알게 되었다. 내 내면에 창조주님이 심어주신 신성을 믿게 되었고, 여기까지 나를 이끌었음을 알게 되었다. 진정으로 내가 원했던 것은 진리의 삶을 사는 것이었다. 이것은 종교인이 되겠다는 이야기가 아니다. 내면의 신이 나를 다른 삶으로 이끌고 있다. 살아오며 잘못된 선택을 하고 길을 헤맬 때도 있었지만 내가 겪은 일들에서 체험하고 깨달음을 얻었으면 된 것이다. 그 체험은 체험으로서 그 역할을 다한 것이고 후회할 것도 미련 둘 것도 없었다. 나는 어리석게도 과거를 회상하고 원망하고 후회하며 과거를 반복해서 살았다.

하지만 이제 체험의 의미를 알게 되었고, 더는 과거를 회상하지 않게 되었다. 내면의 신은 생각보다 힘이 세고 지혜롭고 항상 옳았다. 때로는 양심으로, 때로는 타인의 모습으로 나의 모습을 투영하고 나를 비춰주었다. 나는 서울을 떠나며 지난 삶을 정리했다. 앞으로 어떠한 삶을 살지는 모른다. 하지만 힘든 삶이 기다리고 있음은 알고 있다. 보이지 않는 미래가 걱정되고 두렵기도 하다. 하지만 내 내면은 그것을 원하고 있음을 강하게 느낀다.

나는 현재 슈카이브 님의 제자로 '한책협'에서 활동하고 있다. 슈카이브 님은 네이버 카페 '한책협'에서 깨어나지 못한 빛의 일꾼들을 깨우며 지구가 멸망할 것임을 알리고 계신다. 책을 읽는 분 중 내가 제정신이 아니라 여기는 분들도 있을 것이다. 하지만 언젠가 반드시 일어날 일들이고 그때가 되면 알게 될 것이다. 더 많은 정보를 알고 싶다면 네이버 카페 '한책협'에서 정보를 보거나 유튜브 채널 '금성에서 온남자_슈카이브', '라엘-금성에서 온 남자'를 시청해보기를 바란다. 그리고 지구 극이동이 일어날 것임을 직감하고 있거나 자신이 빛의 일꾼이라 생각된다면, '한책협'에서 내면 성장 수업과 차원 상승 수업을 듣기를 바란다.

내면의 자유를 위한 상처 떠나보내기

제1판 1쇄 2024년 12월 27일

지은이   권혜임
펴낸이   한성주
펴낸곳   ㈜두드림미디어
책임편집 최윤경
디자인   디자인 뜰채 apexmino@hanmail.net

㈜두드림미디어
등   록   2015년 3월 25일(제2022-000009호)
주   소   서울시 강서구 공항대로 219, 620호, 621호
전   화   02)333-3577
팩   스   02)6455-3477
이메일   dodreamedia@naver.com(원고 투고 및 출판 관련 문의)
카   페   https://cafe.naver.com/dodreamedia

ISBN   979-11-94223-40-5 (03810)